ベリーズ文庫

183日のお見合い結婚
～御曹司は新妻への溺甘な欲情を抑えない～

藍里まめ

STARTS
スターツ出版株式会社

目次

183日のお見合い結婚
～御曹司は新妻への溺甘な欲情を抑えない～

離婚前提で結婚することになりました

（お嬢様でもないのに、今時、お見合いなんて……）

　ここは都内にある老舗《しにせ》料亭の八畳間。

　春うららかな日差しが内縁側のガラス戸越しに差し込み、雅《みやび》な日本庭園の池には桜の花びらが浮かんでいる。

　西谷真衣《にしたにまい》は生成《きな》り地に桜模様の振袖を着て、座卓に向かい正座をしている。

　背中の中ほどまである黒髪を美しく結い上げ、控えめなかんざしで飾っていた。

　百五十四センチの小柄で細身の体躯《たいく》には、和装がよく似合う。

　二十七歳という年齢よりは二、三歳若く見える可愛《かわい》らしい顔立ちをしているのに、庭を見ながら鼻の付け根に思いきり皺《しわ》を寄せ、その後にため息をついてしまった。

　すると、隣に座る祖父に叱られる。

「真衣、もっと愛想よくせんか」

「まだ相手が来てないんだからいいじゃない。こっちは二時間も前に美容室に行って、着付けと髪のセットをしたんだよ。疲れてるの」

「お前はすぐ口答えする。そんなことでは気に入ってもらえんぞ」

（お見合いで結婚するつもりはないから、気に入られたくないんだけど……）

それ以上の反論は心の中にとどめておくことにした。

今はひとり暮らしをしている真衣だが、大学を出るまでは、母と妹と三人で暮らしていた。

離婚家庭で、物心ついた時から父親との付き合いは一切なく、学費などの金銭的な面で祖父には随分と世話になってきたので強く文句を言えない。

今日のこの見合いも、祖父への恩返しのつもりで渋々了承した。

なんでも相手は、祖父の初恋の女性の孫だという。

八十歳を超えた祖父は妻に先立たれて以来、八年間、寂しいひとり暮らしを続けている。

話し相手欲しさに最近、俳句クラブに入会し、そこで初恋の女性と半世紀ぶりに再会したそうだ。

その女性も伴侶《はんりょ》を亡くしているということで、祖父はすっかり熱を上げている。

真衣の見合いも、彼女との仲を深めたいがために画策されたようなもの。

（おじいちゃんまで羽織袴《はおりはかま》姿で、めかしこんじゃって。若々しく見せたいんだろうけど、髪の毛、真っ黒に染めたら、皺だらけの顔に合ってないよ……）

色々と指摘したい気持ちはあるが、祖父が生き生きとしているのは喜ばしいことだ。

（会うだけでいいっていう話だし、今日のところは大人しく付き合ってあげるか）

そう自分に言い聞かせ、真衣は腕時計に視線を落とした。

時刻は、十四時を三分過ぎている。

約束に遅れるとは、どうやら見合い相手も乗り気でなさそうだ。

無理もない。

祖父が初恋女性と再会してから孫同士を見合いさせようという話になり、この場が設定されるまで、十日もなかったのだ。

お互いの写真も交わしていないし、真衣と同様に相手も急すぎて心が追いつかないのだろう。

（そういえば、おじいちゃんの初恋の人、芹沢絹代《せりざわきぬよ》さんと言ったっけ。若い頃は美人で名高く、しかも名家のお嬢様だったって言ってたよね。今もお金持ちなんだろうか。ということは、私のお見合い相手も？）

真衣が頭に思い描いたのは、乙女漫画に悪役として登場するような、いけ好かない金持ち青年である。

実家の財力を武器に、なんでも自分の思い通りにいかないと気が済まない横暴な性格をして、贅沢《ぜいたく》な食生活で肥満体形になってしまったお坊ちゃま。

（おじいちゃんのおごりで懐石料理を食べて、適当に世間話をすればいいと思ってたけど、そんな人と一緒にご飯を食べても美味《おい》しくない。このまま来なければいいのに……）

祖父からは初恋女性がいかに美人であったかという話は散々聞かされたが、肝心の見合い相手の情報はなにひとつ持っていないと、今、気づいた。

「おじいちゃん、お相手って何歳？　名前は？　どういう人なのか教え――」

初めて相手に興味を示した真衣が、祖父に問いかけようとしたら、「失礼いたします」と遮られてしまった。

襖《ふすま》が半分ほど開けられ、料亭の女将《おかみ》が膝をついて顔を覗《のぞ》かせる。

「お待ち合わせのお客様がご到着なさいました」

女将の手により、大きく開けられた襖からは、上品さが板についているような和装の老婦人が現れる。

「勲《いさお》さん、遅くなりました。思ったより道が混んでいたのよ。随分お待たせしてしまったわ。ごめんなさいね」

祖父の名を親しげに呼ぶ芹沢絹代は、少しふっくらとした体形で、祖父と同じくらいの年だと思われるのに瑞々《みずみず》しさが感じられる。

若い頃は美人であったという話も本当なのだろう。整った顔立ちをして、桜の花のような笑顔がチャーミングでもある。

「ちっとも遅くないさ。わしらもさっき着いたばかりだ。絹ちゃん、その鶯《うぐいす》色の着物、綺麗《きれい》だなぁ。絹ちゃんの方がもっと綺麗だが。なーんてな。さあさあ、座って」

鼻の下を伸ばした祖父に、いい年してなにが絹ちゃんだ……と、真衣はつっこむことができずにいる。

真衣の二重の目は大きく見開かれ、絹代に続いて畳に足を踏み出した青年に向けられていた。

（う、嘘《うそ》……）

柔らかそうなダークブラウンの髪は長すぎず短すぎず、お洒落《しゃれ》な感じのするビジネスヘアに整えられている。

斜めに流した前髪の下には、キリッと男らしい眉と、清涼感のある切れ長の瞳。

卵形のフェイスラインも鼻筋も唇も、全てが完璧に整った顔をして、手足は長く、百八十センチ超えの高身長。

スリーピースの高級そうなネイビースーツを華麗に着こなしている美青年が、そこにいた。

真衣が声も出せないほどに驚いているのは、彼の優れた容姿が理由ではない。

（私のお相手って、芹沢副社長⁉　なんで、どうして、今一番会いたくない人なのに……）

彼は芹沢柊哉《しゅうや》、二十九歳。

真衣の勤める日葉《にちは》生命保険の取締役副社長を務めている。

医療保険の国内シェアは二位。生命保険に学資保険、個人年金保険など様々な商品を取り扱い、従業員総数は五千人超えの名の知れた会社である。

彼は創業者の一族で、現会長の息子、いわば御曹司だ。

真衣は日葉生命保険本社の企画部に所属している。

企画部は重役の経営戦略をもとに新商品の開発や、従来商品の改定、企画を打ち出すので、真衣のような平社員であっても他部署より重役と接する機会が多い。

柊哉の顔も、月に二、三度は見ている。

彼も真衣に気づくと、驚いた顔をした。

どうやら彼も、見合い相手の情報を詳しく聞かされていなかったようだ。

参ったな……と言いたげに目を逸《そ》らした理由と、真衣が『今一番会いたくない』と思った理由は、おそらく同じだと思われる。

(アレのせいで気まずい……)

アレとは、三日前の退社前の出来事で――。

その日、デスクの真上の蛍光灯がチカチカと切れかけたので、真衣は地下の備品保管庫に取りに行くことにした。

そこはスチールラックがずらりと並び、各種オフィス用品が段ボール箱に入って詰め込まれた、それほど大きくない部屋である。

真衣が備品台帳を開いて蛍光灯のある棚を調べようとしたら、付箋《ふせん》が貼られており、この部屋に入りきらないので隣のボイラー室に置いてあると書かれていた。

そこで真衣は一度廊下に出てから、ボイラー室と書かれた鉄製ドアのノブを回した。

ボイラー室に入るのは初めてだ。普段ここに出入りするのは、自社ビルのメンテナンスを委託している管理会社の人くらいだろう。

今は誰もいないはずだと思って足を踏み入れた真衣だったが、ボイラーや空調機器の稼働音に交ざって話し声がした。

ボイラー室は長方形ではなく、鉤形《かぎがた》のような形状である。

微《かす》かな話し声は、真衣からは見えない、三メートルほど先の曲がり角の向こうから聞こえた。

蛍光灯の入った段ボール箱はドア横に置かれていたが、誰だろうと好奇心をそそられた真衣は、奥へ歩き出した。

銀色の化粧カバーを巻いた配管が、横にも天井にも足元にも張り巡《めぐ》らされているため、気をつけて進み、角から顔を覗かせる。

すると、すぐ目の前に、やけにプロポーションのいいスーツの背中があった。

（もしかして、副社長……？）

そっと近づいたためか、それともボイラーの稼働音がうるさいせいか、彼は後ろの気配に気づくことなくスマホを耳にあて、誰かと電話をしている。

『――君との交際を終わらせたいと思ったからだ。それが理由だと、何度も言っているだろ』

苛立《いらだ》っているような声に真衣はハッとして、ついつい興味を持って話を聞いてしまう。

（電話で別れ話？　恋人がいたんだ……）

『わかった。そこまで知りたいと言うなら答えよう。頻繁なメールに困っていた。送ってくるだけならまだしも、返事を催促するのはやめてほしい。俺の顔色を窺《うかが》うような目つきと、機嫌を取ろうとするような甘えた話し方、それも好まない。別れを受け入れると言っておきながら、こうして理由を問う電話をかけてくるところも、さらに俺の気持ちを萎《な》えさせる』

（はっきり言いすぎ……。仮にも一度は愛した女性なのに……）

真衣は軽くショックを受けていた。

なぜなら柊哉は、誰もが認める好青年。

重役なのに偉ぶるところがなく、年齢問わず社員に好感を持たれているように思う。

顔よし、スタイルよし、性格よしの三拍子に加えて、有能でもある。

なにより大企業の御曹司だから、シンデレラストーリーを夢見る女性社員は多い。

真衣も、恋心とまではいかずとも、密かに憧れの気持ちは持っていた。

彼が同席する会議では、うっとりするほどいい男だと、眼福《がんぷく》にあずかってきたのだ。

そんな乙女漫画のヒーローのような柊哉のイメージが、次の言葉で完全に崩れる。

『うるさいな……失敬。君には端的にわかりやすく伝える必要があるようだね。別れたい理由は、ウザイ、それだけだ。手切れ金も渡しただろう。受け取ったのだから、二度と連絡しないでくれ』

(ウザイって……ひどい)

人当たりのよい好青年ぶりは、演技だったのかと思うほどの、辛辣《しんらつ》なひと言である。

言われた当人でもないのに強い衝撃を受けてから、真衣は、まずいものを聞いてしまったと我に返った。

(副社長に気づかれる前に、ここを出よう)

覗かせていた顔を引っ込めドアへと引き返そうとしたが……動揺から爪先を配管に引っかけ、『キャッ』と声をあげてしまった。

慌てて口を両手で覆うも、時すでに遅し。

振り向く前に、背後から肩に手がかけられて、ヒヤリとする。

恐る恐る振り向けば、そこには困ったような笑みを浮かべた柊哉がいた。

『君は、企画部の西谷真衣さんだね。盗み聞きが趣味なの?』

スマホを内ポケットにしまった彼の口調は優しいが、その目には非難の色が滲《にじ》んでいる。

『な、なんのことでしょう』

内心では大いに焦りつつも、真衣はしらを切ろうとした。

けれども、ごまかされてはくれないようだ。

『とぼけても無駄だよ。企画部の社員がボイラー室に来る理由がない。俺の後をつけてたの?』

『違います! 私は蛍光灯を——』

嘘をついてはいないが、誤解を解かなければと思うあまり不自然に早口になる。

蛍光灯が切れかけていたところから説明する真衣に、真偽を見定めようとするような視線が向けられていた。

『蛍光灯、ドア横の段ボール箱のやつか』

『はい、そうです』

柊哉は真衣を追い越してドアまで行く。

納得したから話は終わりで、出ていってくれるのかと期待しかけたが、残念ながら違うようだ。

ドアに背を預けて腕組みをし、真衣の退路を塞《ふさ》いだ彼は、口の端をつり上げると、およそ好青年には似合わない笑い方をした。

『蛍光灯を取りに来たという話は信じよう。だが、それなら配管だらけの部屋の奥まで入る必要はない。話し声がして、好奇心から俺の電話を聞いてしまったんだな?』

『……はい』

全てお見通しのようなので、真衣は諦めて謝罪に転じた。

『すみませんでした』と深々と頭を下げ、なにかお咎《とが》めがあるだろうかと不安に思っていたら、意外にも『いいよ』とあっさりした返事をされる。

顔を上げた真衣に、柊哉はいつもの好青年風の笑みを浮かべて言う。

『こんな場所で電話をしていた俺にも落ち度がある。他の人には言わないでね』

『もちろんです』

完全に許されたと思った真衣は、ホッとして笑顔になる。

『いい返事だ』

柊哉は段ボール箱の蓋《ふた》を開けて中から蛍光灯を一本取り出すと、真衣に向けて差し出した。

真衣が歩み寄り、お礼を言って受け取ると、ドアまで開けてくれる。

（紳士的。さっきの電話は、あまりにも相手がしつこかったから、あえて厳しく突き放した、ということにしておこうか。こっちの彼が、私の知ってる副社長。こっちを信じよう……）

そのように自分を納得させ、壊れた彼のイメージを修復した真衣であったが、廊下へと踏み出そうとしたら、進路を邪魔するようにドア口に長い片足が突き立てられた。

顔を寄せられ、耳に脅すような低い声を吹き込まれる。

『誰にも言わないという約束を守れよ。社内での俺の評判を落とそうとするなら……どうなるか、わかるよな？』

（誰かに話したら、クビ……？）

どうやら彼には二面性があるようだ。

おそらくこっちが本性で、それを悟ると、修復したばかりの柊哉のイメージがまた、ガラガラと音を立てて崩壊したのであった——。

三日前のあのことがなければ、きっと見合い相手が柊哉ということに驚きはしても、ここまで動揺することはなかっただろう。

逃げ出したいという思いから、うつむいてしまえば、座卓を挟んだ正面に絹代たちを座らせた祖父が、真衣を叱った。

「挨拶せんか。絹ちゃん、すまんなぁ。真衣の奴、どうも緊張しているようで」

「奥ゆかしいお嬢さんね。真衣さん、初めまして、芹沢絹代です。こっちが孫の柊哉よ。もっと気楽になさって。初対面の人とお話しになるのは苦手かしら？」

「い、いえ、そういうわけではないのですが……」

真衣が上目遣いに柊哉の顔を窺うと、視線が合った。

彼は嘆息してから、気を取り直したように人当たりのよい笑みを浮かべて口を開く。

「初対面ではないんですよ。真衣さんは、我が社の社員。社内では何度か言葉を交わしています。反応を見る限り、相手が私とは思わず、動揺しているのでしょう。そういう私も、驚いているのですが」

同意を求めるような視線を送られ、真衣は頷《うなず》いた。

「その通りです。おじいちゃん、この方は私の勤め先の副社長なの。だから今日は……」

帰っていいかと聞こうとしていた。

世間話をしながら食事をして終わりにするつもりでいたが、相手が柊哉なら事情は変わる。今すぐにでも逃げ出したい気持ちだ。

ところが、祖父が手を打って喜んだ。

「真衣の上司か。それも副社長とは、若いのに大したもんだ。これはもう運命としか言えんな。なあ、絹ちゃん？」

「本当に。ご縁を感じるわ。勲さんと再会した時に、なにか意味があるような気がしていたのよ」

（帰りにくい雰囲気にするのはやめて……）

真衣の背中に冷や汗が流れる中、老人ふたりは勝手なことを言って盛り上がっている。

そうこうしているうちに、はまぐりの吸い物や刺身、鯛飯《たいめし》にふぐの唐揚げ、タケノコの煮物といった料理が運ばれてきて、食べずに帰る道は断たれてしまった。

料亭の懐石料理など、滅多に食べられるものではないが、味わっている余裕はない。

上品に箸を操る絹代から、「真衣さんのご趣味は？」と実にお見合いらしい質問を投げかけられ、やめてくれと思いながらも「読書です」と小声で答える。

祖父からは「もっと話さんか」とせっつかれ、困っていた。

「真衣、いつもの元気さはどこいった。借りてきた猫のようになりおって」

（そりゃ大人しくもなるわよ。三日前に私を脅した人が目の前にいるんだから）

「ほれ、柊哉くんに笑いかけてみなさい」

（無茶言わないで……）

「お前のいいところが全然出ておらんぞ。そんなことでは気に入ってもらえん。しっかりせんか」

ついには叱られてしまい、真衣の中でなにかがプツンと音を立てて切れた。

箸を手荒に置くと、強気な目で祖父を睨《にら》む。

「もう我慢できない。おじいちゃん、初恋の人との仲を深めたいからって、私を使うのはやめて。お見合い結婚する気はないからね。そんなに好きなら、おじいちゃんが絹代さんと結婚すればいいじゃない。お互い独り身なんだし」

「な、なにを言う⁉」

勢いよく反論した真衣に目をつり上げた祖父だが、その直後に皺だらけの顔を赤くして、急にもじもじし始めた。

「わしは、今さら想いを叶《かな》えようなどとは……」

絹代は口に手をあて、目を瞬かせている。

一方の柊哉は驚くというより、意外そうな目を真衣に向けていた。

柊哉とは、三日前のあの一件以外では、何度か業務上の会話をしただけの関係だ。

今までの印象から真衣のことを大人しい性格だと思っていたのかもしれないが、そうではない。

はっきりきっぱり、言いたいことは言う。それが真衣である。

妙な空気が漂っているのに気づいて、真衣はハッと我に返った。

（あ、やっちゃった……）

柊哉とどうこうなるつもりはないが、真衣から断った形になるのもまずいのではないだろうか。

柊哉は誰もが認めるハイスペックな好青年。自分のような平凡な女性、それも部下にふられたとなっては、彼のプライドが傷つくことだろう。

三日前に続いて、またしてもクビという言葉が脳裏をよぎったら……プッと吹き出す明るい声が響いた。

それは柊哉のもので、真衣はきょとんとしてしまう。

「君は、はっきりものを言う女性なんだな」

呆《あき》れと感心が交ざったような感想を口にした彼は、足を崩してリラックスした体勢になると、老人ふたりを交互に見て言う。

「真衣さんの言う通り。この見合いは、俺たち孫をだしにして、おばあちゃんたちが話をしたいというものだよね」

「だしだなんて、そんなことは思ってないわよ。柊哉には迷惑な話？」

「迷惑ではないよ。おばあちゃんが喜ぶなら、それでいいと思ってついてきた。けど、見合いをさせたからには、おばあちゃんたちの事情も聞かせてほしい。初恋の思い出を教えてよ」

優しげな微笑《ほほえ》みに、柔らかな口調。

それは会社で普段見せる好青年を装った彼とも、三日前の本性を表した時の彼とも違っていた。

(おばあさんに対しては優しいんだ。これも嘘偽りのない彼なのかな……)

急に雰囲気が和らいだように感じられた。

その場の皆が、それぞれの緊張が解けたように笑みを浮かべる。

「私も聞かせてほしいです」と促せば、祖父と絹代が照れながら教えてくれた。


——それはなかなかの大恋愛。

真衣の祖父、勲は当時、商業高校に通う学生だった。

実家が裕福ではなかったため放課後はとある商社の社長宅で、薪《まき》割りや荷運びなどの肉体労働をし、学費の足しにしていたという。

その社長宅のご令嬢が、絹代。

勲よりひとつ年上の高等女学院の三年生だった。

互いに自然と惹《ひ》かれ合ったものの、身分違いといってもいいふたりである。

こっそりと清らかな交際をしていたのだが、ある日、その関係が彼女の父親にバレてしまった。

娘に近づくなと追い払われ、勲は社長宅には出入りできなくなる。

けれども恋心は募るばかりで諦められず、ふたりは神社の楓《かえで》の木の洞《ほら》を使って手紙を交換していたそうだ。

卒業して一流商社に勤め、いつか君を迎えに行く……と書かれた勲の手紙に、絹代は胸を熱くしていたという。

ところが、一大事が起きる。

高等女学院を卒業する前に、絹代の結婚が決まってしまったのだ。

相手は大企業の御曹司で、悪い虫がつかないうちにと父親が決めたことであった。

勲は絹代に駆け落ちを持ちかける。

自分は学校を辞める。しばらくは貧乏暮らしをさせると思うが、一生懸命働くから、遠くでふたりで生きようと。

絹代もそれを承諾し、日時と場所を決め、いよいよ決行の日になる。

深夜の約束の場所で、勲は絹代を待った。

しかし、朝日が昇る時刻になっても絹代は現れなかったという――。

「えっ……そんな終わり方？」

思わず真衣は、眉をひそめて絹代を見る。

あまりにも祖父が可哀想ではないかと思ったのだ。

すると絹代が当時を思い出すように、切なげに微笑む。

「行けなかったのよ。勲さんの将来を潰すことは、私にはできなかった」

「絹ちゃんの気持ちは、わかってるよ。あの時は、だいぶ落ち込んだがな……」

絹代は決して貧乏暮らしがしたくなくて勲を捨てたわけではなかった。

どうやら机の引き出しにしまっていた勲の手紙を、使用人の誰かが絹代の父親に渡したらしい。

駆け落ちなどすれば、勲を雇用する者がいないよう、日本中の会社に圧力をかけると、父親に脅されたそうだ。

さらに、絹代が大人しく親の決めた相手と結婚すれば、商業高校卒業後に勲がいい商社に勤められるよう裏で手を回してやる、とも。

それで絹代は泣く泣く勲との別れを決め、他の男性のもとへ嫁いだという話であった。

しみじみとした声で、勲が言う。

「わしがそれを知ったのは、三十の時だ。社長宅に勤めておる知り合いの使用人に、偶然会ってな。絹ちゃんが約束の場所に現れなかった理由を聞かされたんだよ。その時のショックといったらもう。駆け落ちの夜よりつらかったなぁ」

真衣の目には涙が滲む。

裏切られたと思っていたかつての恋人に、実は守られていた。

十年以上経《た》ってからそれを知らされても、後悔が押し寄せるだけであろう。

勲はさらに続ける。

「これも偶然で、その話を聞いたひと月後に、絹ちゃんに会ったんだ。百貨店の展望レストランから出たところでな。絹ちゃんはその店に入るところだった」

「なにを話したの？」

「なにも話さんよ。お互い、子供と伴侶を連れていたからな。ただ、幸せそうでよかったと思っただけだ。そしてその次に会ったのが、俳句クラブというわけだ」

絹代さんがレースのハンカチを取り出して、目頭を押さえていた。

それを見つめる柊哉は神妙な面持ちで、真衣はというと……涙腺が決壊し、さめざめと泣いていた。

（美しくて悲しいラブストーリー。まさかおじいちゃんが、そんな大恋愛をしていたなんて……）

はっきりとものを言いがちな真衣は、キツイ性格だと思われてしまうこともしばしばだが、実は切ない物語を読んで泣いたり、ラブストーリーで胸をときめかせたりする、乙女な心も持ち合わせている。

おしぼりで涙を拭こうとしたら、正面から水色のハンカチが、座卓を滑るようにして渡された。

それは柊哉のもので、真衣にいくらか好意的な目が向けられている。

祖母に心を寄せてくれる女性という一点のみ、気に入られたのかもしれない。

「ありがとうございます」

遠慮なくそのハンカチで涙を拭かせてもらいつつ、「おじいちゃんたち可哀想」と同情すれば、「そんなことないわよ」と涙を収めた絹代が言った。

「私の夫は真面目で、家族思いのいい人だったわ。三人の子宝に恵まれて、孫も、ひ孫もいるのよ。私は幸せです。勲さんもそうでしょう？」

「ああ。先立たれてしまったが、わしもいい嫁をもらって幸せだったさ。真衣が泣く必要はない。わしらが駆け落ちしておったら、お前は生まれておらんぞ」

勲の清々《すがすが》しく豪快な笑い声が座敷に響く。

その声を聞く限り、悲恋に終わった大恋愛も、勲の中では納得のいく形で収まっているのだろう。

そう思うと、真衣の涙も引いていく。

(最初は嫌々だったけど、この話を聞けたのだから、お見合いに来てよかった。これからはおじいちゃんのこと、もっと大事にしよう……)

勲の想い人である絹代のことも、尊敬できる素敵な女性だと感じた。

彼女の孫だと思えば、柊哉に対する悪いイメージもいくらか回復する。

「ハンカチ、洗ってお返しします」と真衣から声をかければ、彼の口元が穏やかに笑む。

「君にあげる。捨てても構わない。ハンカチには不自由してないから」

「そうですか。ありがとうございます」

ごく普通に会話できたことも、見合いの効果か。

交際も結婚もあり得ない話だが、三日前の気まずさを引きずらなくてよさそうなのは喜ばしく、それについても見合いをして正解だったと思い直す。

(いい日曜日になった。あ、この鯛飯、すごく美味しい。さすが料亭の懐石料理。お

刺身の海老、プリプリしてる。はまぐりのお吸い物も美味。これは家では出せない味だね)

まだ半分ほど残っている料理をやっと堪能することができた真衣は、すっかり気を抜いていた。

しかし、上品かつ意味ありげに「うふふ」と笑った絹代が、とんでもないことを言い出す。

「だからね、柊哉と真衣さんは相性がいいはずなのよ。結婚に向けてどんどん話を進めましょうね」

「へっ?」

真衣は素《す》っ頓狂《とんきょう》な声をあげてしまう。

〝だからね〟とは、どういう意味だろう。若かりし頃の自分たちが恋人関係にあったから、孫同士もうまくいくに違いないとでも言いたいのだろうか。

それはありえないのに。

柊哉も笑みを引きつらせており、すぐさま絹代に意見する。

「おばあちゃんと西谷さんには同情するけど、俺はまだ結婚する気はないよ。おばあちゃんが再婚したいなら応援する」

「そんなの駄目よ。亡くなった主人に悪いもの。世間体もあるし、遺産のことで親族と揉《も》めるのもまっぴらごめんだわ。角を立てずに私の想いが報われる唯一の方法は、あなたたちが結ばれることなのよ」

（遺産……）

お金持ちの再婚には、そういう面倒事があるようだ。

その点に関してのみ、絹代の言い分に納得するが、他は頷けない。

孫同士を結婚させて、自分たちの悲恋に終わった物語をハッピーエンドに変えようとするとは、勝手すぎる。

「もう八十を過ぎた私の人生は、あと何年残されていることか。柊哉、同情してくれるなら、どうか私の最後の願いを叶えてちょうだい」

目が潤んでいるようには見えなかったが、絹代はしまったばかりのレースのハンカチを取り出して、また目頭を押さえている。

どうやら、策略家な一面もあるようだ。

真衣の焦りはまだピークに達していない。柊哉が断ってくれると信じているからだ。

けれども彼が、祖母の泣き落としに屈する気配を見せる。

普段は男らしくキリッとした眉が下がり、オロオロと絹代の肩に手をかけていた。

「泣かないでくれ……」

社内では、若いながらに堂々と副社長業務をこなしているというのに、どうやら祖母にはめっぽう弱いらしい。

それで焦りの程度をグンと引き上げた真衣は、祖父に体ごと向き直って、まくし立てるように言う。

「私は結婚しないからね。会うだけでいいと言ったからついてきたのよ。何度も言うけど、この方は私の会社の副社長で――」

「同じ会社なのが困るというなら、真衣が辞めればいい。副社長の嫁なら将来は安泰だ。立派な伴侶を得られてよかったなぁ」

「おじいちゃん！」

勲には融通の利かない頑固なところがあるのを、真衣は今、思い出していた。

小学生の頃の夏休み、従姉《いとこ》と妹の三人で祖父の家に泊まりに行き、話が尽きないので今日だけ特別に夜更かしを許してほしいとお願いしたことがあった。

可愛い小学生の女の子三人に、指を組み合わせて迫られても、勲の答えは『子供は早く寝ろ』の一点張り。『寝ないと、明日のおやつにメロンを食わせてやらんぞ』と脅され、二十時半に布団に入れられたのだ。

一般的に祖父というものは孫に甘いと聞くけれど、勲に関してはあてはまらない。

今も、羽織の両袖に手を入れて、厳しい視線を真衣に向けてきた。

「わしの言うことが聞けんのなら、わしが払ってやったお前の大学の学費、今すぐ返してもらおうか」

「そんなの無理！」

日葉生命保険の給与は、同種の他会社に比べていい方だ。

けれども真衣のひとり暮らしの住まいは安アパートで、貯金も少ない貧乏暮らし。

今すぐに学費を一括で返すことはできない。

その理由は、真衣の趣味にある。

そのことをよく知っているはずの勲が、さらに真衣を攻める。

「わしの家に置かせてやってるお前のくだらない本が邪魔なんだよ。今度の古紙回収で、みんな出してすっきりしようか」

「そ、それだけは許して！」

真衣の趣味は、乙女漫画を収集することだ。

ジャンルは学園ものからオフィスラブ、歴史ファンタジーと幅広い。

新刊だけではなく、まだ生まれていない昭和の時代のものまで古書店巡りをして買い集め、蔵書は七千冊ほどに上る。

当然、1Kの八畳間には収まりきらず、実家である集合住宅の押し入れや、祖父の家、さらには空調完備のレンタル倉庫まで利用して大切に保管していた。

新しいものは電子書籍にすれば、これ以上保管場所に困らないのであろうが、真衣は紙本にこだわる。

インクの匂い、紙の質感、表紙カバーの光沢、古本の色あせている風合いもいい。

紙本でなければ愛着が持てない乙女漫画は、これからも増え続けるであろう。

(私の可愛い漫画本たち。あれだけは絶対に死守したい。でも副社長とは結婚できない。おばあちゃんには優しくても、付き合っていた女性に対してウザイなんてひどいことを言い放つ人とは絶対にうまくやっていけない。彼の本性を見る前なら、ひょっとすると、乙女漫画のヒロインになった気分で前向きに考えていたかもしれないけど……)

真衣が必死に祖父に頼んでいると、柊哉が立ち上がった。

「真衣さん、桜がまだ咲いているようです。ふたりで庭園を散策しましょう」

「はい?」

この状況でなにをのんきなことを言っているのかと、真衣は眉を上げて彼を見る。

けれども真顔の彼に「ふたりで話がしたい」と付け足され、「わかりました」と立ち上がった。破談にする策を相談しようという誘いだと思ったからだ。

「それがいいな。もっとお互いのことを話さにゃならん」

そう言った勲と、嬉《うれ》しそうに微笑む絹代に見送られた真衣は、柊哉の後について座敷を出た。

案内板に従い通路を進んで庭へ下りる。

それほど広くはないが、桜に梅、こぶし、もみじや銀杏《いちょう》など季節ごとに色を楽しめる木々が植えられ、ひょうたん形の池には丹塗《にぬ》りの太鼓橋《たいこばし》まで架けられている。なかなか美しい日本庭園だ。

無言で進む柊哉が、敷石が並んだ池の縁で足を止めた。

他に散策中の人はなく、餌《えさ》がもらえるかと寄ってきた錦鯉《にしきごい》を並んで眺める。

「とんでもないことになりましたね。どうやって祖父たちを説得しましょう?」

そのように真衣から切り出したが、彼は「ああ」と言ったきり、じっと水面に視線をとめて口を開かない。

真衣は鯉から彼の横顔に視線を移す。

風にそよぐ前髪が日差しを浴びて輝いている。

思案に耽《ふけ》る表情は憂《うれ》いを帯びて見え、大人の色気を感じさせた。

思わず見惚《みと》れた真衣だが、心をときめかせることはない。

(乙女漫画に出てくるヒーローみたいにいい男だけど……見た目だけというのが、非常に残念)

やがて柊哉は考えがまとまったようで、真衣と視線を交える。

勲たちを説得できそうな良策を期待している真衣に、彼は顔をしかめて嫌そうに言い放つ。

「俺と結婚しろ」

驚きのあまり、真衣の目玉が飛び出そうになる。

どんな道筋を辿《たど》ったら、そんな結論になるというのか。

彼の心がさっぱり理解できない真衣は、混乱する頭で問いかける。

「あの、前から私を好きだった……とかですか？」

すると彼の眉間の皺が深まった。

「なんで俺が、なんの取り柄もなさそうな女に惚《ほ》れないといけないんだ」

「ひどっ」

確かにこれといった魅力がないのは自覚していても、親しくもない他人に言われると腹が立つ。

端整な顔を睨むように見ながら、強気に言葉を返した。

「だったらどうして私と結婚したいと言うんですか。私は祖父に弱みを握られてますけど、副社長は違うでしょう。はっきり拒否してもらわないと困ります」

「祖母を泣かせろというのか？　最後の願いだと言われたんだぞ。この俺が、おばあちゃんの頼みを断れるわけないだろ！」

声を荒らげて異常な祖母想いを主張した彼に、真衣は開いた口が塞がらない。

（知らないわよ、そんなの。どんだけ、おばあちゃん子なのよ……）

こうなればもう、副社長と末端社員という関係性を気にしていられない。

なんとしても彼の結婚の意志をくじこうと、本音でぶつかる。

「私は絶対に結婚しません。夫が性悪なんて、二十代半ばで人生を諦めろというんですか」

すると、ぎょっとしたような顔をされる。

「お前も本性を表したな」

「私はあなたのように隠していません」

「会議では殊勝な態度で俺の話を聞いていただろ」

「会議の場で重役に軽口叩《たた》けるわけないでしょ。馬鹿なんですか？」

信じられないと言いたげに目を見開いている彼。

社会的な地位が高く、加えて見た目はイケメンの好青年だ。これまで年下の女性から、馬鹿にされたことはないのだろう。

「お前は――」

言い返そうとしているが、言葉が続かないようなので、真衣は振袖のたもとを払うようにして腰に手をあてると、ぴしゃりと結論を突きつけた。

「結婚はお断り。もうこうなればクビにされても仕方ない。望まない結婚よりは、辞表を書いて再就職先を探す方が遥《はる》かにマシよ」

まだ驚きの最中にいる彼は、まじまじと真衣の顔を見るのみで、なにも話さない。けれども数秒して、口元が緩んだかと思ったら、急に笑いだした。

（なにがおかしいの……？）

腹を抱える彼に真衣が戸惑っていたら、ひとしきり笑ってから、切れ長の美麗な目が三日月に細められる。

「俺に向かってそこまで言えるとは、度胸があるな。そういう奴は嫌いじゃない。うまくやれそうな気がしてきた」

「私の話、聞いてました？　結婚しないと言ったんですけど」

「まぁ、聞け」

柊哉はスラックスのポケットに片手を入れ、くつろいだ姿勢で説明する。

それは、契約結婚の提案だった。

「離婚前提で入籍しよう。期間はそうだな……半年。それだけ一緒に暮らしてもお互いに好きになれなかったと言えば、祖母も納得してくれるだろう。もちろん、夫婦となってもお前に手は出さない。結婚を公にもしない。そうすれば親戚や社内の者たちに面倒な説明もいらないし、離婚後も今まで通りの生活が送れるだろう」

「お試し結婚、みたいなもので納得させようというんですか？　相性が悪いとわからせたいなら、入籍しないで一緒に住むだけでいいと思いますけど」

「駄目だろ。祖母の夢は、俺たちを結婚させることだ。祖母はお嬢様育ちで少々夢見がちなところがあるが、抜かりない人でもある。婚姻届を提出するまで見届けるはずだ」

（どうしよう。離婚前提での半年間の契約結婚か……）

それなら人生を犠牲にするとまでいかず、祖父から学費の返還や漫画本の処分を要求されずに済み、真衣にとってメリットがある。

しかし、戸籍にバツがつくのは気になるところ。いつか本当に結婚したいと思う相手が現れた時に、離婚歴が障害になるかもしれない。

腕組みをして渋い顔で悩んでいると、もう一押しとばかりに柊哉が条件を追加する。

「離婚時に慰謝料として一千万円を支払う。これならどうだ？」

「い、一千万⁉　ぜひ、お願いします」

戸籍の傷という心配が吹き飛んだ。

それだけあれば、欲しくても我慢していた乙女漫画が山ほど買える。

レンタル倉庫をもうひとつ借りて、祖父の家にある大切な蔵書を移せば、もう脅されることもない。

即答で了承した真衣に、柊哉はニヤリと口角を上げる。

「契約成立」

差し出された彼の右手と握手を交わす。

「半年間、よろしくな。真衣」

「呼び捨て……？」

「俺の妻だからな」

片目を瞑《つぶ》り、いたずらめかしたように微笑んだ彼に、真衣の鼓動が跳ねた。

妻という言葉が、妙にくすぐったい。

性悪だと知っていても、見た目は極上なので、乙女心が刺激されてしまう。

「じゃあ、私も……。柊哉、よろしく」

照れながら、名前で呼んでみたら、せっかく素敵に微笑んでいた彼の眉間に皺が寄る。

「お前に呼び捨てにされると、腹が立つな」

「なんでよ。私の夫なんだから、いいでしょ。社内では副社長として配慮するけど、家の中では気を使わないよ。疲れちゃう」

「ひと言言えば、ふた言も三言も返ってくるんだな」

呆れ顔の彼だが、そのような真衣の性格をマイナスに捉えてはいないようだ。

「媚《こ》びる女より、楽でいい。戻ろう」

再び口角を上向きにした彼が、先立って来た道を引き返す。

ふたりで話していたのは、十五分ほどであろうか。

座敷に戻れば、食器は下げられて、代わりにお茶と生菓子が用意されていた。

桜とうぐいす、菜の花をかたどった可愛らしく雅な生菓子だが、それよりも目を引くものが座卓の真ん中に置かれていた。

Ａ３サイズの用紙に枠線がたくさん引かれたそれは……婚姻届。

襖を入ったところで並んで立っている真衣と柊哉は、思わず顔を見合わせる。

「抜かりない……柊哉の言った通りみたい」

「だろ。そういう人なんだ」

小声で話すふたりを見て、絹代が両手を合わせて声を弾ませる。

「まぁ、すっかり打ち解けて。やっぱり私と勲さんの孫だわ。相性がいいのは最初からわかりきっていたことよ」

それを聞いた勲は、照れたように皺だらけの顔を赤く染めている。

「さあさあ、ふたりとも座って。婚姻届に記入してちょうだい」

もとの座椅子に腰を下ろした柊哉が、まずはペンを持つ。

サラサラと無感情に記入を終えた彼に対し、次に婚姻届を渡された真衣は、数秒固まる。

（本当に書いていいのかな……）

結婚は人生の一大事。

当然の迷いが生じたが、一千万円の札束が頭に浮かんだら、なめらかにペンが走った。

（結婚が人生の一大事なら、乙女漫画の収集は人生最大の趣味。つらい時や悲しい時に、私のメンタルを前向きにしてくれたのは愛しい漫画本たち。戸籍を綺麗なままで保つよりも、私は乙女漫画を取る）

記入を終えたものは、次に勲と絹代に回される。

絹代が座卓の角を挟んだ勲の隣に寄り、並んで証人欄に記名した。

印鑑《いんかん》を押すと、手を取り合って笑みを交わしている。

「勲さん、出会ってから六十年以上経って、やっと婚姻届に私たちの名前を書けたのね」

「そうだな。長かった。これでもう、いつ死んでもいい」

「勲さん」

「絹ちゃん」

長年引きずってきた初恋が実ったかのように、ふたりは歓喜の涙を滲ませている。

（そんなに好きなら、遺産問題とか世間体とか気にせず、自分たちが再婚すればいいのに）

ふたりの悲恋を聞いた時の感動は、すっかり冷めている。

婚姻届まで用意していた身勝手さに、呆れの気持ちが勝ったからだ。

そのように冷静な真衣に対し、柊哉は目頭を押さえている。

（もらい泣き？　祖母に対しては、どこまでも同情的なんだ。なんでそんなに甘いのか。まるで、このお茶菓子みたい……）

真衣が生菓子を口にするのは、記憶にないくらい久しぶりである。

和装でお茶を楽しむような優雅な趣味は持ち合わせておらず、そのような場に誘ってくれる友人もいない。

記入済の婚姻届を横目に、ふたつ目に手を伸ばす。

こんなに甘いのかと思いつつ、もぐもぐと生菓子を食べてお茶をすする、おかしな日曜日であった。

喧嘩しても肉じゃがは美味しい。離婚まであと178日

見合いから五日が経った金曜日。

婚姻届はその日に勲と絹代が役所に提出しに行き、真衣はもう人妻である。

もとの安アパートは借りたまま、半年間暮らすのに必要な荷物を持って、柊哉の自宅で新生活を始めたのが四日前のことだ。

会社から二駅離れた高層マンションの最上階に、彼の住まいはあった。

五年前に新築で売り出されたコンシェルジュ付き3LDKの分譲マンションで、どこもかしこも贅沢な造りである。浴室までセレブ感が漂っていた。

黒大理石の壁に、ゆったりサイズのジェットバス。浴槽の向こうは壁一面がガラス窓で、バルコニーの一角と繋《つな》がっている。バルコニーの漆喰《しっくい》の壁の前に観葉植物のプランターが趣味よく並んでおり、まるで中庭のようだ。

それを眺めながら真衣はシャワーを浴びている。

時刻は七時十分。起きてすぐにシャワーを浴びて頭をすっきりさせ、それから出社の支度をするのが真衣の習慣である。

（朝日に輝く緑を眺めながらのシャワー。贅沢だよね。リゾートホテルのバスルームみたい）

気持ちよくシャワーを浴びることができる素敵な浴室だとは思うが、貧乏性なので、日常にここまで贅を尽くすのはもったいないとも感じる。

浴室の棚には、柊哉のシェーバーや男性用のシャンプーやボディソープが置かれていた。

彼の住まいであるから当然なのだが、それらを見ると、くすぐったいような不思議なような、落ち着かない気持ちにさせられる。

（男の人と一緒に暮らすの、初めて。前に付き合っていた人と三年前に別れてからは恋さえしていなかったのに、結婚したなんて変なの……）

一緒に暮らしているのだから結婚した実感はあるけれど、まだしっくりこない。

お互いに恋愛感情のない契約結婚なので、仕方ないのかもしれないが。

全身の泡を流し終えて湯を止め、シャワーヘッドを壁にかける。

バスルームのパネル時計は七時二十分を表示していた。

八時半にこの家を出れば、九時からの始業にちょうどよく、支度の時間は一時間以上ある。

ゆったりした気持ちで浴室を出た真衣は、借り物のフワフワな高級バスタオルに手を伸ばした。

脱衣場と同じ空間には洗面台と洗濯乾燥機があり、カーテンで仕切ることができる。

もちろん、しっかりカーテンを閉めて廊下に続くドアに鍵もかけているので、うっかり覗かれる心配はない。

それで気を抜いている真衣が、さっぱりした気持ちで髪と体を拭いていたら……突然、ドアが開けられた音がした。

思わず悲鳴をあげるが、それに構わずに入ってきたのは柊哉だ。

「なんで⁉　鍵、かけたのに」

慌ててバスタオルを体に巻きつけ、カーテン越しに問うと、淡々とした声で返される。

「鍵はコインを使って開けた。朝の忙しい時に閉めるなよ。洗面台を使えないだろ」

どうやら柊哉は歯を磨いている様子。

文句の言葉の後半に、シャカシャカという歯ブラシの音がかぶっていた。

「少しくらい待てるでしょ。あ、もしかして……」

真衣は警戒感を強め、バスタオルを巻いた胸を両手で隠すように抱きしめた。

手を出さないという約束だけど、彼も男だ。歯磨きは口実で、あわよくば裸の真衣と鉢合わせを狙っていたのではないかと邪推してしまう。

それを伝えて非難すれば、うがいの音が聞こえた後に、フンと鼻を鳴らされた。

「お前の裸は見たいと思わない。どんな価値があるんだ」

「ひどっ。二十七歳だよ。まだ肌は水を弾くし、形も崩れてない。そこそこ綺麗だよ」

「へぇ、綺麗なのか。それなら見てみたい……とでも言えば満足か？　俺を誘うな。変な期待をされても困る。それと、一緒に暮らしているうちに俺に惚れるのもやめてくれ。別れたくないと駄々をこねられたら最悪だ。面倒な女は嫌いだからな」

「誘ってないし、期待もしてない。性悪男を好きになるわけないでしょ？　勝手なこと言わないで！」

鼻の付け根に皺を寄せた真衣は、カーテンを睨む。

柊哉と暮らし始めてまだ五日目だが、もう何度も喧嘩《けんか》している。

最初の喧嘩は、この家に引っ越してきてすぐのことだ。

リビング以外の三部屋は、寝室、書斎、バーベルやランニングマシンが置かれたトレーニングルームとして使われていた。そのうちの書斎を真衣の部屋としてあてがわれ、真新しいベッドがすでに運び込まれていた。

机と書棚にしまわれていた柊哉の私物は移動済みで、好きに使ってくれと言われた真衣は、まず最初に、大事に持ってきた三百冊ほどの乙女漫画を本棚に収納したのだ。

それを見ていた柊哉に、呆れ顔をされた。

『そういえば、お前のじいさんが、漫画本がどうのと言っていたな。じいさんの家から持ってきたのか？　読み終えているなら売るか、お前の自宅に置けばいいだろ』

『おじいちゃんの家の二千冊ほどは、そのままにしてあるよ。処分すると脅されるのは嫌だから、そのうち移動するけど、今すぐは無理。私のアパートも漫画本で埋まってる。ここに持ってきたのは、特にお気に入りのものだけだよ。売るなんて、とんでもない』

『二千冊⁉』

『なに驚いているの？　実家とレンタル倉庫にもあるよ。コレクション総数は七千冊くらい。すごいでしょ』

『レンタル倉庫まで借りて……お前、馬鹿だろ』

人生最大の趣味を馬鹿にされた真衣は、憤慨したのであった。

昨日の朝には、こんな喧嘩をした。

ダイニングで真衣がシリアルを食べていたら、スーツに着替えた柊哉が入ってきたのだが、そのネクタイが一風変わったものであった。光沢のある紺色の生地に、素材違いで同色の布地が三角に縫いつけられたデザインなのだ。

『そのネクタイ、変じゃない？　つぎはぎみたい』

思ったことをそのまま伝えたら、柊哉に睨まれた。

『これはイタリア製一流ブランドのものだ。春の最新作。見たことのないデザインだから、そう思うんだろ。自分の物差しで測るな』

確かに真衣にネクタイの良し悪しはわからないので、彼の反論を『ふーん』と聞き流した。

けれども、その態度も彼の癪《しゃく》に障ったらしく、今度は真衣が指摘された。

『お前のオフィススーツ、どこのブランドだ？　生地が安そうだな。縫製も雑』

『ブランドものじゃないもの。仕方ないでしょ、私はあなたと違って貧乏なの』

『うちの給料、悪くないはずだぞ。漫画本ばかり買ってるからだろ』

『そうだよ。それのどこが悪いの？　なににお金を使うかは私の自由でしょ』

『口の減らない女だ……。次の日曜、時間を空けておけ。お前の服を買いに行くぞ。俺の妻が安物を着るな』

買ってくれるのはありがたいと思ったが、上から目線の彼に、やはり反論せずにはいられなかった。

『妻だと知っているの、おじいちゃんと絹代さんだけじゃない。結婚を公にしないという条件を出したのはそっちでしょ。私が安物を着ても、柊哉が批判されることはないよ』

『俺の気分の問題だ。それに、俺たちの半年間の契約結婚を知っている奴はまだいる』

誰のことかと眉をひそめたが、すぐに思い出した。

『総務のなんとかさんね。健康保険や年金の手続き上仕方ないけど、完璧に口止めするし、給料明細は旧姓のまま出させるから部署への連絡もいらないって前に私に言ったよね。その人の目を気にしろって言うの？』

『違う。もうひとりいる。俺の秘書の須藤啓介《すどうけいすけ》にも話したからな』

『えっ、なんで⁉』

『俺のスケジュール管理をしているからだ。スケジュールの組み方に、独身者向けと妻帯者向けがあるんだよ。心配はいらない。啓介は幼馴染で信用できる奴だ。あいつから秘密が漏れることはない』

（勝手なことばかり言って。妻帯者向けのスケジュールってなに？　まさか、私と自宅でゆっくり過ごせるよう、業務時間を調整しているってこと？　離婚する予定の妻に気を使ってどうするのよ……）

そのように、柊哉とは顔を合わせるたびに口喧嘩をしており、相性が悪いと真衣は感じている。

今も、鍵を開けて洗面脱衣室に侵入しておきながら、謝りもせずに、お前の裸は見たくないなどと失礼発言ばかりだ。

頬を膨らませた真衣は、カーテンの向こう側に厳しい口調で言う。

「歯磨き終わったんでしょ。早く出ていって」

「言われなくてもそうする。俺、今日は早めに出るから。急ぎの案件抱えているんだ。着替えを覗いてやれなくて悪いな」

「そ、そんなこと頼んでない！」

ムキになる真衣を面白がっているのか、柊哉は楽しげな笑い声を残して廊下に出ていった。

からかわれたとわかっていても、真衣の頬は熱くなる。

（あの人、見た目だけは極上のイケメンなの、わかってるのかな。恥ずかしいことを言われたら、返答に困るんだけど……）

バスタオルの折り返しを解くと、パサリと足元に落ちる。

湯上がりの瑞々しい胸が勝手にドキドキと高鳴り、早く落ち着こうと、深呼吸を繰り返す真衣であった。

日葉生命保険の自社ビルは七階建てで、企画部のフロアは三階にある。

間もなくお昼休みという時間、真衣は机に肘をついた手で額を押さえ、ノートパソコンの画面とにらめっこをしていた。

（もっとわかりやすい魅力をと言われても、これ以上還元率を上げられないし、困ったな。この保険に加入してくれる人は、年間二百人いればいいとこでしょう。少子化で学資保険が売れないのは、私のせいじゃないわよ）

企画部の仕事とは、商品の開発や見直し、それらを売り出すためのキャンペーンを打ち出すことが主である。

保険会社なので、商品はもちろん保険だ。

真衣は今、新しい学資保険の開発担当チームに入っている。

市場調査とマーケティング、他社商品の研究を経て、チーム内で意見を交わしながら作り上げていくので、数カ月、場合によっては年単位の月日を開発にかける。

やっと形になっても、重役に提案した段階で却下されることも多く、努力が成果に結びつきづらい、メンタル的になかなかハードな部署である。

そのせいか、八十人ほどいる企画部の人員は、性格的にサバサバと、気持ちの切り替えが早いタイプが多いように思う。真衣もそのひとりだ。

午前中はチームのミーティングに長時間を費やし、真衣が担当した部分に結構な指摘を入れられ、自席に戻ってから悩んでいたというのに、十二時になると笑みを浮かべて立ち上がった。

財布を手に、ドアへ向かおうとする。

(この問題はいったん忘れよう。休み時間は頭も休めないと)

企画部のフロアは横長で、机は六つの島に分かれて並んでおり、真衣の机は中ほどにある。

奥にはパーティションで区切られたミーティングスペースがふたつあって、そこから同期の根本《ねもと》和美《かずみ》が資料を手に出てくるのが見えた。

同じ年の和美とは、親しい友人付き合いもしている。

真衣がドア口で待っているのに気づくと、和美は自席に資料を置いて、急ぎ足で近づいてきた。

「お昼、一緒に入れるね」

真衣がニコリとすれば、和美も嬉しそうに頷く。

長い黒髪をひとつに結わえている真衣に対し、和美はチョコレートブラウン色のショートボブだ。

真衣より十センチほど背が高く、パンツスーツがよく似合う。スタイルがいいせいだろうか、ノーブランドのオフィススーツであっても、和美が着れば高級品に見える。

和美のスタイルのよさや着こなしに、日々感心はしても、真衣は羨ましいと思わない。自分は自分……そういう考え方をするので、他者と自分を比較して落ち込むことはなかった。

ただ、昨日、オフィススーツが安物だと柊哉に批判されたことは、少々心に引っかかっている。それで今日はスーツではなく、ボウタイブラウスに落ち着いた薄い紫色のフレアスカート、カーディガンという服装にした。

企画部の社員は滅多に客対応をしないので、社会人として常識的な服装であればいいとされている。男性は皆スーツだが、女性社員は真衣が今着ているようなオフィスカジュアルな服装の人も数名いるので目立ちはしない。

けれども、和美には指摘される。

「今日はスーツじゃないんだ。珍しい」

不思議そうな目を向けられて、真衣は苦笑いしてごまかそうとする。

「うっかり全部、クリーニングに出しちゃった。組み合わせを考える手間が省けて、スーツの方が楽なんだけどね」

「そうなんだ」

和美はあっさりと信じてくれた……というよりは、それほど強い興味はなかったのだろう。「今日はどこにする？」と、ランチの相談に話は変わった。

「昨日はパスタだったから、今日は定食みたいなのがいいな」

「じゃあ、小戸屋《ことや》だね」

開放中のドア前で、ふたりは足を止めて会話していた。

真衣は廊下側に背を向けている。

すると、後ろから肩に手をかけられ、軽く横に押された。

「じゃ……失礼。西谷さん、通してもらえるかな」

肩越しに振り向けば、今朝も見た顔がそこにある。

好青年風の笑みを浮かべた柊哉に、真衣は思わず眉を寄せた。

（今、邪魔って言おうとしたよね。和美の前ではいい人ぶりたいんだ。ふーん）

「失礼しました」

すぐに道を空けた真衣だが、彼を困らせてみたくなり、ニッコリ笑って言葉を足す。

「芹沢副社長、今日のネクタイ、素敵ですね。イタリア製一流ブランドの春の新作ですよね？」

柊哉が締めているのは、真衣が〝つぎはぎ〟と言ってしまった、あのネクタイだ。

一瞬真顔になった柊哉だが、大げさなほどの笑みを作ると、爽《さわ》やかな声音で切り返してくる。

「よくわかったね。西谷さんがメンズファッションに詳しいとは知らなかった。褒めてくれてありがとう。君も、そのスカート、似合ってるよ」

それだけ言うと、柊哉は真衣から離れ、企画部の部長デスクに向かって歩いていく。

部長に直接指示をしたいことがあるのだろう。

他の重役と比較してフットワークの軽い柊哉は、相手を呼び出さずに自ら足を運ぶことが多いようだ。

均整の取れた彼の後ろ姿を見送る真衣は、呆れのため息をこぼす。

（しれっと嘘をついた。スカートが似合ってるって、心にもないことをよく言う。外面と家でのギャップが激しい男……）

そのように批判していたら、「真衣、どうしたの？」と和美に心配された。

「熱でもある？」

「ないよ」

「じゃあ、今のなに？　媚びるなんて真衣らしくない。副社長を狙うことにしたの？」

彼がいい男だという話題は、女性社員の間でよく上がる。

けれども真衣がその話題に食いついたり、副社長に積極的に話しかけたりといったことがこれまでになかったので、和美は驚いたようだ。

「狙ってないよ」

サラリと言って、先立って廊下を歩き出せば、隣に並んだ和美に顔を覗き込まれた。

「なにか隠してるでしょ」

「うーん、どうだろ」

「否定しないんだ。これは小戸屋で尋問だね」

（結婚を公にしないという約束だから、それは困る……）

手頃な価格で美味しい和定食が食べられる小戸屋は、社屋から歩いて五分ほどの場所にある。

外に出た真衣たちが、強いビル風に背中を押されるようにして小戸屋に着くと、満席だと言われてしまった。

けれども、ほんの一、二分の待ち時間で席が空き、ふたり掛けのテーブルに向かい合って座る。

和美はトンカツ定食を注文し、真衣は迷うことなく焼き魚定食を選んだ。

注文を取り終えた店員が離れていくと、「今日は渋い選択だね」と和美に指摘された。

この店に来ると、トンカツや鶏肉の香味焼きなど、肉料理を選ぶことの多い真衣なのに、今日は焼き魚の気分である。

その理由も、柊哉と暮らし始めたことにあるだろう。

柊哉の帰宅は二十一時前後となることが多く、夕食は別々でと言われている。

取引先や他の重役との会食であったり、秘書が用意した弁当で済ませたりと、もとから自宅で夕食をとることが少ないそうだ。

そのため真衣は、これまで通り、自分の分だけの食事を適当に作ればいいのだが、もし柊哉がお腹を空かせて帰ってきたらと思うと、そういうわけにいかず、この三日間、ふたり分を用意してきた。

彼の好みがわからないので、一般的に若い男性が好きそうなトンカツ、唐揚げ、ハンバーグを作り、結局、柊哉が夕食を済ませて帰宅したので、いつか自分で食べようと冷凍保存している。

そのことは彼に言っていない。

勝手にやったことだから、食べてもらえなくても腹は立たないし、文句もない。

そういう理由で、こってりした夕食メニューが続いたため、今日はシンプルな焼き魚が食べたい気分だった。

和美の問いかけに、「あー、うん」と曖昧《あいまい》な返事をすれば、首を傾げられた。

「今日の真衣、やっぱり変。どうしたの？　なにかあったでしょ」

「あったといえば、そうなんだけど……」

「また真衣らしくない返事。言いにくい事情なら無理にとは言わないよ。でも教えてほしい。気になって余計な想像しちゃいそう。例えば、彼氏ができたとか……。当たってる？」

「無理に聞かないと言いつつ、言わせようとするんだ」

苦笑しつつも、和美になら教えてもいいかと考える。

同じ部署で仕事をし、一緒にランチをする仲なので、些細な変化に気づかれてしまうのは仕方ないが、そのたびに、どうしたのかと問われるのは困る。

和美なら真衣の不利益になる情報を漏らさないだろうし、口止めしておけば大丈夫だと判断する。

(柊哉は怒るかもしれないけど、いいよね。あっちだって、幼馴染だという秘書に話したんだから。これでおあいこ)

心の中でそのような理屈をこねた真衣は、定食の待ち時間に説明する。

「実はね、芹沢副社長と……」

ざっと見回した限り、店内に日葉の社員はいないようだが、念のため声を潜めて話した。

この前のお見合いと、その日のうちに婚姻届を提出し、半年間の契約結婚がスタートしたことを。

和美は目を丸くして絶句している。

信じられないという反応になるのも無理はない。真衣だって、いまだに不思議な気分なのだ。

たっぷり間をおいてから、和美が口を開く。

「結婚おめでとう……でいいの?」

「ちっとも、おめでたくない。あ、でも、離婚時の一千万円は嬉しい。その時は和美にご馳走《ちそう》するよ」

真衣が笑ってそう言うと、定食が運ばれてきた。

「いただきます」

焼き魚に醤油《しょうゆ》を少しかけて、五穀米と一緒に頬張る真衣に対し、和美は箸も持たずに顔を曇らせている。

それに気づいて、真衣の中に焦りが湧いた。

「もしかして、副社長のこと、好きだった？」

柊哉がいい男だという認識は、他の女性社員と同じように和美も持っているはずだ。キャアキャアと騒ぐ性格ではないので、恋愛対象として見ているわけではないと思っていたのだが、真衣の思い違いだったのだろうか。

困っているような、悩んでいるような和美の表情に、傷つけてしまったかと真衣が慌てたら、少し笑って「違うよ」と言われた。

「私、彼氏いるもの」

「そうだった。ああ、よかった。一瞬、焦ったよ。じゃあなんで、そんな浮かない顔してるの？」

「半年後に真衣はバツイチになるということだよね。気にするかもしれないと思って……」

「それね」

真衣は止めていた箸を動かしつつ、淡白に答える。

「バツイチについては私も迷ったよ。でも、もう結婚しちゃったし、戸籍の傷は気にしないことにする。漫画本を守ることの方が大事」

「真衣じゃなくて、あいつが気にするかどうかが心配で……」

やっとトンカツにソースをかけた和美は、独り言のようにボソボソと話した。

「あいつって?」

真衣が問うと、和美はハッとしたように顔を上げて、「なんでもない」とごまかした。

「揚げたて美味しい。ひと切れあげようか?」

「いらないよ。一昨日の夕食にトンカツ作ったから」

「平日の夕食に揚げ物するなんて偉いね。副社長に食べさせるためか。契約結婚って、どんな生活なのか気になる……あ、メールだ」

テーブルの端に置いていた和美のスマホが震えていた。

メッセージアプリを開いて確認し、手早く返信した和美は、一瞬顔を曇らせてから気を取り直したように口角を上げる。

「亮《りょう》からだった。ランチ一緒に行こうって。ちょっと遅かったね。断ったよ」

小林《こばやし》亮は、営業部に所属する二十八歳の男性社員だ。同期入社のよしみで時々ランチをともにしたり、飲みに行ったりと友人付き合いをしている。

営業部の社員は日々外回りをし、その合間に外出先の近くで昼休憩を取ることが多いと聞くが、今日の亮は、この時間に帰社したらしい。

約二週間ぶりに一緒にランチをと思い立ったようだけど、残念ながら遅かった。

断ったという和美に頷いた真衣は、「呼んでも満席で座れないしね」と淡白に言う。

それで亮の話は終わったと思い、焼き魚の小骨を取ることに意識を向けていたら、なぜか和美が嘆息する。

「もっと残念がってあげなよ」

「なんで？」

「あいつが哀れだわ」

一緒にランチができなかったくらいで、そんなに同情しなければいけないのだろうか。

小骨を取った魚を口に入れた真衣が首を傾げると、和美のスマホがまた震えた。

それも亮からのようで、返信を終えた和美が眉尻を下げる。

「私より先に真衣に連絡を入れたみたいだよ。未読スルーにへこんでる」

「スマホ、机の上に置いてきた。ごめんって言っといて」

「自分で言って。間に私を挟まないで」

「うん、わかった」

契約結婚を打ち明ける前に、今日の真衣はおかしいと和美に指摘されたが、和美もいつもと違う。怒っているとまではいかないけれど、なにか思い通りにいかないことがあって苛立っているような感じを受けた。

和美も午前中は、真衣とは別チームのミーティングだった。

（上司に嫌なことでも言われたのかな……）

そう推測し、真衣はワカメの味噌汁《みそしる》をすする。

和美はトンカツを千切りキャベツと一緒に咀嚼《そしゃく》しながら、皿に向けてボソボソとなにかを呟《つぶや》いている。

「はっきり言わない亮も亮だけど、鈍すぎる真衣も問題だよね……まったく」

（ん……？）

名前を呼ばれて非難されたような気がしたが、もぐもぐしている和美の言葉はよく聞き取れず、とりあえず「ごめん」と謝っておいた。

午後の業務も学資保険の開発で頭を悩ませ、あっという間に終業時間を迎えた。問題はなにも解決していないが、全てを明日に持ち越すことにして、真衣は十八時の定時で退社した。

柊哉の高級マンションまでは、電車で二駅。

駅を出てからは食料品店に寄ってジャガイモやブロッコリーなどを買い、日の沈んだばかりの紫色の空の下を数分歩いて帰宅した。

それから、さらに二時間が経ち、夕食を終えた真衣は食器を洗っている。

柊哉の帰宅はまだ一時間ほど先だと思われ、広々としたリビングダイニングに響くのは食器洗いの音のみ。安アパートの狭い部屋より静かに感じられた。

(寂しいと思うのは、広くてすっきりしたこの部屋のせい？　ひとり暮らしの時の方が、ごちゃごちゃ物が溢《あふ》れていたからか、気分的に賑《にぎ》やかだった気がする……)

リビングダイニングは横長で、広さは二十畳ほどだろうか。ダイニングスペースには四人掛けの食卓テーブルが置かれ、その奥に機能的で洒落たアイランドキッチンが備わっている。

リビングスペースの中央にあるのは、ひとり掛けと三人掛けの黒い革張りソファがひとつずつと、深い色合いの木目のローテーブル。さらに壁と一体型のラック付きテレビボードも木目調で、部屋全体が黒と茶の色調で統一されていた。

天井から下がるのは、アンティーク調の三連のライトだ。

レトロなレコードプレーヤーもあり、棚には古いジャズのレコードがたくさんしまわれている。真衣は知らない外国人のトランペット奏者のセピアにプリントされたレコードジャケットが、絵画のように壁に飾られていた。

（お洒落でハイセンスな空間。こういうの嫌いじゃないよ。でも私は、乙女漫画に囲まれた安アパートの部屋の方が落ち着く……）

食洗器もあるのだが、少量だからと手で食器を洗い終えた真衣がエプロンを脱ごうとしたら、廊下に物音がして、続いてリビングのドアが開けられた。

「ただいま」

無表情にそう言った柊哉に、真衣はチラリと壁掛け時計を見て返事をする。

「お帰り。二十時三十五分。今日はいつもより三十分ほど早いね」

「ああ。その分、日中のスケジュールが詰まっていたけどな。啓介がお前に気を使っているんだ」

「啓介？　柊哉の秘書の、なんとかさんのことね」

「須藤だよ。記憶力がザルか」

そういえば昨日の朝、柊哉のスケジュールの組み方を、秘書が妻帯者向けにするなどという話を聞いたと、真衣は思い出していた。

通勤用の黒革の手提げ鞄《かばん》を無造作に床に置いた柊哉は、洗面所に手を洗いに行き、スーツのジャケットを脱いだ姿になってリビングに戻ってきた。

真衣はキッチンから声をかける。

「私のことなら気にしなくていいと須藤さんに言っておいて。妻だけど、妻らしいことしていないもの」

「そうだな。妻らしくない。夫を困らせるな。企画部での昼のアレはなんだ？」

真衣にはつぎはぎにしか見えないネクタイを外した柊哉は、それをソファに投げ置くと、横目でキッチンを見る。

睨まれても、詰問されても、真衣は少しも動じない。脱いだエプロンをキッチンの壁のフックにかけてから、澄まし顔で柊哉に歩み寄った。

昼のアレとは、柊哉のネクタイをわざと褒め、『イタリア製一流ブランドの春の新作ですよね』と言ったことだろう。

困らせてやろうと思ってのことだったので、してやったりとニンマリする。

「あのくらいで動揺しなくてもいいじゃない。柊哉だって、好青年の顔を忘れて、邪魔と言いかけてたよね」

「邪魔だったからな。俺の社内での評判を落とすなと、忠告したはずだぞ」

「それは大丈夫。本当はこんなに性悪だってこと、誰にも言ってない。契約結婚の話のみ、同期の和美に教えた。昼に一緒にいた子だよ」

約束破りをサラリと暴露すれば、柊哉の目が見開かれる。

「は……!? なに勝手なことしてんだよ」

「そっちだって秘書に喋《しゃべ》ったでしょ。お互い様。和美は私の大事な友達だから、秘密は守ってくれるよ。心配しないで」

「友達だから大丈夫だと？　薄い理由だな。信用できるかよ」

「柊哉って、自分のこと棚に上げた発言多いよね。幼馴染だから須藤さんには教えても大丈夫だと、私に言ってなかった？　同じことでしょ」

正論を冷静にぶつけているつもりの真衣だが、柊哉の目には反抗的に映ったようだ。

チッと舌打ちされ、「まったくお前は口答えばかりだな。可愛げがない」と呆れられる。

その後に彼は、うつむき加減に顎に手を添え、眉間に皺を寄せた。

なにかを考えているようにも、怒りをこらえているようにも見え、真衣は気持ちを読み取ろうとその顔を覗き込む。

「怒ったの？」

「そうだな」

同意した彼の口の端が、なぜかニヤリと弧を描く。

「え……？」

柊哉の右手が、真衣の腕を掴《つか》んだ。

リビングの白い壁の前まで連れていかれ、背を押しあてるように立たされると、顔の横に彼の左腕が突き立てられた。

「私に手を出さない約束も破るの？　それとも、口では敵《かな》わないから力で勝とうとしてる？」

強気な視線をぶつけていても、真衣の鼓動は五割増しで高鳴っている。

暴力の心配ではなく、拳《こぶし》三つ分の距離にある柊哉の目つきが、やけに色っぽいからだ。

真衣の質問には答えず、視線を絡めたまま無言でいる彼が、赤い舌先を覗かせて下唇を湿らせた。

（私にキスする気……？）

そう思って身構えたら、「どちらでもない」と、先ほどの問いかけに囁《ささや》くような返事をされた。

突き立てた腕を軽く曲げ、顔の距離を少し近づけた彼が、低く甘い声で尊大に言い放つ。

「楯突くとはいい度胸だ。だが、お前は俺に敵わん。なぜなら、俺がお前を手に入れたいと望んでいるからだ」

見た目は最高にいい男である柊哉に、まるで愛の告白のような言葉をかけられた真衣は、目を丸くして驚き、鼓動を最大限まで弾ませた。

(急になにを言い出すのよ。私だって女だから、そんなこと言われたら……あれ?)

うっかりときめいてしまったが、どこかで聞き覚えのある台詞《せりふ》に思え、目を瞬かせる。

すると柊哉が隠し切れない笑いを目元に滲ませて、続きを口にする。

「シャルロットよ、諦めろ。イザンガ帝国皇帝である、俺の妃となれ」

「私の漫画、勝手に読んだの⁉」

その台詞は真衣の部屋にあるラブファンタジー漫画のひとコマで、落ちぶれた伯爵家の美しき令嬢シャルロットを、暴君と呼ばれる皇帝が力尽くで手に入れようとするシーンだ。

シャルロットを愛したことで皇帝が改心する場面や、暗殺されそうになったシャルロットを命懸けで守る場面は感動的であり、真衣のお気に入りの一冊である。

真衣の顔が耳まで赤く染まっているのは、ときめきのせいではなく、恥ずかしさが理由だ。

その本のベッドシーンは軽いものだけど、自分の性癖《せいへき》を覗かれた気分で動揺し、うつむいてしまう。

柊哉はアハハと高笑いして、壁に突き立てていた腕を外した。

その手をスラックスのポケットに突っ込むと、腰を曲げてニヤニヤしながら真衣の顔を横から覗く。

「妻を理解してやろうという夫心だ。たった半年の関係にもかかわらず、俺って優しいよな」

「どこがよ！」

今朝は真衣がまだ裸だというのに、洗面脱衣室の鍵を開けて入ってこられ、挙句に

『着替えを覗いてやれなくて悪いな』とからかわれた。

今も真衣の平常心を奪うようなことをする彼に、負けたような気分で悔しくなる。

柊哉も勝ったと思っているのだろう。

機嫌よさそうに鼻歌を歌いながら真衣から離れ、キッチンに向かっている。

冷蔵庫の扉を開けて缶ビール一本と卵二個を取り出した柊哉は、続いて野菜室を覗いてキャベツを手に取った。

やっと壁際から離れた真衣は、ソファの背もたれに手をかけ、口を尖《とが》らせて柊哉を見ていたけれど、彼が料理をしようとしているのに気づくと声をかける。

「今日は食べてきてないの？」

「ああ。啓介が、早く帰って奥さんの飯を食えって言うからさ。俺のために料理をするような女じゃないと言ったんだが――」

「夕食あるよ。今日は肉じゃがにした。冷蔵庫の中に、柊哉の分が入ってる」

冷蔵庫まで移動した真衣は、ラップをかけた肉じゃがの深皿と、茹《ゆ》でたブロッコリーとミニトマトのサラダをのせた小皿を取り出した。

柊哉は意表を突かれたような顔をして、隣に突っ立っている。

その手から卵とキャベツを取り上げた真衣は、目を合わせて「邪魔」とはっきり言った。

「味噌汁を温めるから、そこどいて。食卓テーブルで待ってて」

「あ、ああ……」

珍しく言い返さない柊哉は、缶ビールを冷蔵庫にしまうと、大人しくダイニングの椅子に腰かけている。

数分して彼の前に、温かなご飯と味噌汁、肉じゃがとサラダが並べられた。

テーブルの横に立つ真衣が、説明的に言う。

「どうぞ食べて。口に合わなければ残してもいいよ。ご飯と味噌汁だけ、お代わりあるから」

御曹司の彼なので、子供の頃から贅沢な食生活を送ってきたのだろう。

このような簡単なメニューで彼が満足するとは思えないが、目玉焼きとキャベツ炒めだけの夕食よりはマシだと思って食べてもらいたい。

目の前の料理にじっと視線を留めたまま、柊哉は真顔で黙っている。

(肉じゃがは苦手なのかな。それとも貧相な夕食メニューに驚いてる?)

嫌なら食べなくていいと言おうとしたら、「すごい……」と柊哉がため息交じりに呟いた。感動しているような、しみじみとした言い方だ。

「いただきます」

箸を手に取り、味噌汁を飲んで、ホッと息をつく彼。続いて肉じゃがを口に入れ、味わうように咀嚼して飲み込んだら、真衣に向けて微笑んだ。

「うまい。俺、肉じゃが好きなんだ。少し甘めで俺好みの味付けだ」

「そう。よかった……」

自然な笑みを浮かべて好意的な感想を言ってくれた彼に、真衣は戸惑う。

（御曹司なのに、平凡な肉じゃがに喜んでる。味覚は庶民の私と変わらないのかな……）

柊哉は勢いよく、そして美味しそうに食べている。

その気持ちのいい食べっぷりを見ていたら、先ほどからかわれた悔しさは薄らいで、代わりに温かな思いが心に広がった。

（お腹が空いていたんだ。もっと色々、作ればよかった……）

柊哉の分の肉じゃがは、真衣が食べたものの二倍も量があるけれど、足りないのではないかと心配になる。

「おかずが足りなかったら言って。トンカツと唐揚げとハンバーグを冷凍保存してあるから、温めて出すよ」

「真衣の手作り？」

「うん。昨日までの三日分の夕食」

「俺の分も作ってくれてたのか……。なんで言わないんだよ」

焦っているような険しい顔で見られたが、真衣を非難しているのではなく、気づかなかった自分に後悔しているような言い方である。

柊哉の心情を理解しかねる真衣は目を瞬かせ、夕食の支度をしたわけを淡白な口調で説明する。

「夕食は別々でと言われていたのに、勝手に作ったのは私だよ。気にしなくていい。残ったら休日の昼食にでもしようと思ってたし。万が一、柊哉がお腹を空かせて帰ってきた時に、自分の分だけ作って食べたというのが気分的に嫌だったの。それは私の気持ちの問題で、柊哉のためじゃない。勘違いしないで」

申し訳なさそうな彼の心を、軽くしてあげようと思っての発言ではなく、それが真衣の本心である。

柊哉の眉間の皺は解け、感心したようなため息をこぼされた。

「お前って、さっぱりした性格だよな」

「うん。よく言われる」

ともすればキツイ女だと思われてしまうが、真衣と付き合いの長い友人たちは、裏表のない、はっきりさっぱりした真衣の性格を好意的に見てくれる。

柊哉は止めていた箸を動かし、ドレッシングをかけたブロッコリーを食べる。

「茹で方が絶妙」と褒めてから、クスリと笑って真衣に視線を戻した。

「俺の中の、女の概念が変わった。食べてもらえないのは悲しかったけど、気を使わせたらいけないと思って言えなかった……的なことを涙ぐみながら言うのが女だと思ってた」

「健気《けなげ》なタイプじゃなくてごめんね」

「いや、俺はお前みたいな女の方が楽でいい。健気さを装って、俺に罪悪感を抱かせようとするしたたかな奴より、ずっとな」

「今までどんな女と付き合ってきたのよ……」

社屋のボイラー室で、柊哉が恋人と別れ話をしていたことが思い出された。

彼の恋愛遍歴にはこれっぽっちの興味もないが、もしかするとあの電話の相手がそのような性格だったのかと考えてしまう。

真衣はまだ、テーブルの横に立ったままだ。「座れば？」と柊哉が、正面の椅子を指さす。

「冷凍ものの温めは？　それで足りる？」

「ちょうどいい。昨日までの三日分の夕食は、土日に食べるから取っておいて」

「気にしなくていいと言ってるのに」

「俺が食べたいんだ。お前、料理上手なんだな。疲れて帰ってきたら、うまい飯があるのって嬉しい。真衣、ありがとう」

　真衣はゆっくりと、柊哉の向かいの椅子に腰かけた。

　深皿にたっぷり盛りつけてあった肉じゃがは、もう最後のひと口になっている。

　それを大事そうに味わっている彼を見ながら、鼓動が加速していくのを感じた。

（お礼を言われてしまった。今のは漫画の台詞じゃないよね。柊哉に素直に感謝されると、なんだかくすぐったい……）

　食卓には穏やかな空気が流れており、真衣の口元は自然な弧を描く。

　喧嘩以外の会話もできるなら、ふたり暮らしも悪くないと思いつつ、「明日はなにが食べたい？」と尋ねる真衣であった。

理解してもらえた喜び。離婚まであと149日

ゴールデンウイークも過ぎ、暦は五月中旬。まだ蒸し暑くはないが気温はぐんぐん上がり、今日の最高気温は二十九度予報である。

街路樹の緑は陽光を浴びて輝き、眩《まぶ》しいほどの晴天だ。

時刻は正午。きっと外は、日陰を求めたくなる暑さだろう。

けれどもここは天気など関係ない、年中快適な温度と湿度に設定された副社長室である。

芹沢柊哉は木目の美しいL字形の執務机で、パソコンに向かっている。

頬杖をつき、マウスを操りながら、無意識に舌打ちをする。

(なんだよ、真衣の奴は。俺が悪いのか？　違う。あいつが変わっているんだ)

真衣と結婚し、今日でちょうどひと月になる。

ここのところ、わりと穏やかに暮らしていたのだが、今朝は些細なことで口論になった。

柊哉が早めに家を出ようとしたら、玄関にごみ袋が置いてあり、今日は可燃ごみの

日だったと思い出した。

ひとり暮らしの時は当たり前のこととして自分でごみ出しをしていたが、真衣と暮らすようになってからはやっていなかった。

真衣は、積極的に家事全般を引き受けてくれる。洗濯だけは各自で行い、料理と掃除は彼女任せ。残しておいてくれたら自分もやると言っても、帰宅時にはあらかた終わっているのだ。

『光熱費と食費、そっち持ちだから、家事は私がやる。その方が気兼ねしなくて済むもの』

それが真衣の意見である。

ありがたいと彼女に感謝すると同時に、申し訳ないという気持ちも湧く。

感謝と罪悪感は、だいたいセットで押し寄せてくる。

子供の頃から柊哉はそのような性格なのだ。

それを理解してのことではないだろうけれど、真衣は『柊哉のためじゃなく、私のためにやってるの』とことあるごとに言ってくれる。

それで心は幾分軽くなり、助けられている気がしていた。

（最近は家事を任せるのが当たり前になってしまっていたな。真衣に甘えているのか、

俺は。これじゃ駄目だろ。せめて、ごみ出しくらいやらないと)

玄関に置かれていたごみ袋を見てそう思った柊哉は、通勤鞄を置いて、ごみ袋を持った。

ごみの集積場所は、マンションの敷地内にある金属メッシュの頑丈な箱だ。カラスに荒らされる心配はなく、一見清潔そうだが、多くの人が触れるものなので、できればごみ出しをした後に手を洗いたい。

そういう理由で、一度家に戻ってこようと、玄関の上がり口に鞄を置いたのだ。

そこに、シャワー後の濡れた髪を拭きながら真衣が現れた。

『行ってらっしゃい。ん？　ごみ、私が出すから置いといて。急いでるんでしょ』

『電車を一本遅らせる』

『いいって言ってるのに』

そう言った真衣は、柊哉の手から強引にごみ袋を奪った。

シッシと追い払うような仕草までして可愛げがないが、そういう彼女の態度にはもう慣れている。

結果として助けられてもいるので、柊哉は怒らずにお礼を言った。

『お言葉に甘えさせてもらうか。悪いな。いつもありがとう』

微笑んで手を伸ばし、真衣の頭をポンポンと親しみを込めて軽く叩いたら……手を払い落とされてしまった。

これには驚いた。

これまで柊哉が交際した何人かの女性たちは、それをすると皆、頬を染めて笑ってくれたので、女というものは頭をポンポンされるのが好きだと思い込んでいたのだ。

『私、そういうの嫌いなの』と、真衣ははっきり言った。

『見下されている感じがする。柊哉は二歳上で副社長だけど、家の中では対等でいたい』

『見下してはいない。一種の愛情表現だろ。ムキになるなよ』

『愛情なんかないくせになに言ってるの？　もう、朝は忙しいんだから、突っかかってこないでよ』

『それはお前の方だろ！』

その後も七、八分ほど口論が続き、気づけばごみを捨てに行くより遥かに時間を取られてしまった。

それで柊哉は仕方なく、車で出勤した。

日葉生命保険本社ビルの地下駐車場は社用車でほぼ埋まっており、五台分しかない来客用の貴重なスペースを使ってしまったのだ。

真衣のせいで……。

(なんであいつは、ああいう言い方しかできないんだ。黙っていれば、可愛い顔をしているのに)

真衣のクリッと丸く勝気な目や、ちょこんとした控えめな鼻は、柊哉好みだ。

不満がある時に無自覚でしているようなアヒル口も、可愛いと思う。

小柄で華奢《きゃしゃ》な体形なのに、人並みより胸はやや大きいようで、女性的なボディラインに目を奪われる時があるのは、口が裂けても真衣には言えない。

今朝のシャワーを浴びたての真衣も、艶《つや》っぽかったと思い出し、柊哉はため息をついた。

(まぁ、あいつの言うことも一理あるな。俺の方が年上だから、無意識に優位に立とうとしているのかもしれない。帰ったら一応、謝っとくか……)

そう反省してはみたものの、真衣に謝る自分を思い浮かべるとムカついた。

(いや、俺は悪くない。なぜ謝らないといけないんだ。それに謝ったところで、なんのことかと言われそうだ。真衣はさっぱりしているからな。たぶん今朝の喧嘩を引きずっているのは俺だけだろう。ある意味、羨ましい性格だよな……)

今朝から真衣のことばかり考えてしまう自分に対し、彼女はほんの少しも柊哉を思い出すことがないのではと思ったら、また不愉快になる。

寄せては返す波のような腹立たしさと闘っているため、今日中に処理しなければならない電子決算書類に目が滑る。

今日何度目かのため息をついた彼に、「柊哉」と声をかける者がいた。

秘書の須藤啓介だ。

啓介はクールな奥二重の目に細縁眼鏡をかけ、柊哉とだいたい同じ背格好の、見目《みめ》好《よ》い三十歳の青年である。

柊哉より少し長い黒髪を七三分けにしているが、決しておじさんくささはない。

仕事の時だけそのような髪形にしている理由は、『秘書っぽいだろ』ということらしい。

彼が日葉に入社したのは、二年前の柊哉が副社長に就任した時で、それまでは異業種他社で社長秘書をしていた。

それを柊哉が口説き落として、自分の秘書としたのだ。

啓介との付き合いは小学校に入学した時からで、柊哉が本性をさらけ出せる数少ない友人のひとりである。

いや、大人になってからは、そんな友人たちとの付き合いもほとんどないから、真衣に本性を知られるまでは、唯一の存在だったと言っていいかもしれない。

啓介とふたりきりの時は心を休めることができ、『お前じゃなきゃ駄目なんだ』と頭を下げて秘書になってもらったのだ。

働きぶりも優秀で、公私にわたって柊哉の力になってくれる彼には、感謝しかない。

「そろそろ出発しないと株主総会に遅れる」

啓介の声が真後ろから聞こえたので、柊哉は少し驚いた。

この部屋にはドア寄りに、六人掛けのミーティングテーブルがある。

執務机はブラインドを下げた窓を背にして置かれており、書類の詰まったオフィスラックとコーヒーマシン、観葉植物の鉢植え、目立つものはそれくらいであろうか。

啓介のデスクは同じ階の秘書課にあるが、ここにノートパソコンを持ち込んで仕事をすることも多い。

先ほどまでミーティングテーブルで黙々と仕事をしていたはずの啓介が、いつの間にか移動していた。真衣との喧嘩を思い出していたため、後ろに立たれていることに少しも気づけなかったのだ。

けれども驚きはすぐに引き、振り返ることもしない。

啓介相手に身構える必要はないので、思考はぼんやりとまた真衣のことに戻される。

(謝ろうか……いや、向こうは引きずっていないだろうし、わざわざ蒸し返すような真似をしなくてもいいだろ。だが、謝って俺がすっきりしたい気もする……)

「おい、柊哉。聞いてるか？　株主総会だと言ってるだろ。早く支度しろ。昼食は車中で取ってもらう」

「そーかい」

「ボケか？　馬鹿か？　ハゲてんのか？」

一切の遠慮のない失礼なツッコミに、柊哉は小さく吹き出した。

幼馴染で親友の啓介とは、馬鹿な会話を楽しめる。

もちろん副社長と秘書という立場があるので、ふたりきりの時に限られるが。

「遺伝的にたぶんハゲない。ああ、母方の方はよくわかんないな」

そう答えた柊哉は革張りの椅子を回して後ろを向き、好意的な目に啓介を映す。

「やっぱ啓介といると楽でいい。結婚相手がお前ならよかった。俺の嫁にならないか？」

いつもの軽い冗談として言ったことだが、親友に心底嫌そうな顔をされる。

「キモイ。ぶっ飛ばすぞ。お前、奥さんの前でも本性さらけ出してると言ってたろ。

「家でいい子ぶる必要がないなら気楽じゃないか」

「そうだけど、真衣は気が強すぎる……」

啓介には半年契約の結婚についても、真衣の人柄についても、あらかた教えてある。

今朝の喧嘩についても話そうかと思った柊哉だが、今は真衣より啓介のおかしな行動の方が気になった。

柊哉と会話しながらも、啓介はずっと窓の外を見ている。

白いブラインドの隙間に双眼鏡の先を突っ込み、下を覗いているのだ。

「なにしてんだ？」と問えば、淡白な声で驚くことを言われる。

「お前の奥さんを見てる。浮気してるぞ」

「はっ⁉」

慌てて立ち上がった柊哉は、啓介の手から双眼鏡を奪うと、同じようにブラインドの隙間から覗いた。

副社長室は最上階の七階である。

真衣を捜せば、社屋の前の横断歩道で見つけた。半袖ワイシャツ姿の若い男に手を引かれるようにして、片道二車線の道路を走って渡っていた。

横断歩道を渡りきると、中道に折れてしまい、すぐに姿は見えなくなる。

「あの男、見たことあるな。営業部の奴だったか。昼休みにふたりでどこに行こうというんだ……」

柊哉の独り言に啓介が、「ランチだろ」と軽く答える。

急いでランチ場所に向かっていると推測できるが、手を繋ぐ必要はなく、柊哉は焦りと腹立たしさを感じていた。

契約結婚の条件に、最近、新たに追加した項目がある。

それは、〝恋人を作らない〟というものだ。

お互いに交際相手も好きな異性もいない時期の結婚であったので、離婚するまでそれを続けようという話をした。

既婚者であるのに、それを隠して交際するのは相手に失礼だということと、デート中に万が一、絹代や勲とばったり出会ってしまったら、浮気かとショックを与えてしまいそうだからだ。

そのような理屈をこねて、柊哉から真衣に提案したのだが、本音を言うと、真衣に恋愛をさせたくなかったからである。

一応、夫婦なので、浮気されるのはプライドに障る。

真衣は即答で了承してくれた。

『別にいいよ。でも、私は約束できるけど、そっちは大丈夫？　男って、色々と我慢しがたいものがあるんじゃないの？』

そのように柊哉の性欲の心配までしてくれたというのに、営業部の男と手を繋いでふたりでランチとは許せない。

窓から離れた柊哉は、机上のスマホを手に取ると、メッセージアプリで真衣に連絡を試みる。

【今、なにしてる？】

メッセージの横の既読のマークは一分後に現れ、返事もきた。

【ご飯】

【誰と？】

【仲いい同期】

【男？】

【女の子。セルフスタイルのうどん屋だから、今忙しい】

絵文字もスタンプもない、つれないメッセージを返された後は、【おい】と柊哉が呼びかけても既読のマークは現れなかった。

冷やしうどんに、ちくわ天でもトッピングしているところなのかもしれない。

舌打ちをした柊哉は、手荒にスマホを置く。

(男と、だろ。真衣の奴、さらっと嘘つきやがった……)

性別以外のことに疑う余地はないが、嘘をつかれたことで柊哉の苛立ちが増す。

「くそ、後で尋問してやる」

吐き捨てるように言った柊哉の隣では、啓介が執務机の引き出しを勝手に開けている。都内のコンベンションセンターで開催される株主総会の必要書類を、柊哉の代わりに出してくれていた。

「夫婦喧嘩は家に帰ってからな。まずは総会。早くジャケット着て。車を待たせてあるんだ」

「さぼって、うどん屋行きたい」

「そーかい。さっさとしろよ、怒るぞ。遅れたら、面倒な総会屋の奴らを調子づかせることになる」

啓介に叱られ、柊哉はようやく頭を切り替える。

必要書類を鞄に突っ込み、ジャケットを羽織ると、足早に副社長室を後にした。

株主総会も、帰社後の山積していた決算書類も処理し終え、帰宅したのは二十時半頃だ。

真衣への苛立ちは消えていないが、ダイニングテーブルに夕食を並べてくれている彼女を見ると、怒りにくい。

真衣はいつもと変わらない様子である。

今朝の喧嘩を引きずっていないのは予想の範疇《はんちゅう》だが、昼のメッセージアプリでのやり取りについても、何事もなかったかのように触れてこない。

夕食のメニューは、柊哉が好きだと言った肉じゃがと、アスパラとベーコンの炒め物、揚げ出し豆腐にほうれん草のお浸しと、おかずが四品。ほかほかのご飯と味噌汁も、もちろんある。

ワイシャツ姿になった柊哉は、「今日もうまそうだ」と言って、テーブルに歩み寄る。

帰宅してから、これだけ作るのは大変だったろう。

真衣は意外と家庭的なようで、あり合わせの食材でパパッと美味しい料理を作ってくれる。

柊哉が褒めた時に『料理上手じゃないよ。ＳＮＳ映えするようなものは作れない』と言われたことがあったが、柊哉はこういう飾らない料理の方が嬉しい。

毎日食べるものに、豪華さは不必要。

庶民的な舌なのかと聞かれたら、その通りだと答えるだろう。

うまそうだと褒めた柊哉は、その後に顔を曇らせる。

(問いただすのは食べてからにするか。嫌な雰囲気の中で、味わいたくない。作ってくれた真衣にも悪いしな……)

怒るに怒れず、気持ちの持っていき方に苦慮し、それがため息となって漏れてしまった。

エプロンを脱いで、壁のフックにかけていた真衣が、首を捻《ひね》って柊哉を見た。

「どうしたの？　今日の仕事、そんなに疲れるものだった？」

「まぁな。株主総会があった」

「それって疲れるの？」

「株主の中には、難癖《なんくせ》つけて議事進行を妨害するのを楽しむ厄介な奴がいるんだよ。若い俺は、格好の標的だな。業績などは無視されて、血族で重役の枠を埋めていいのかと批判された。芹沢姓はたったふたりなのにな。毎年のことで慣れてはいるが」

一般的に総会屋と呼ばれるそういった者たちにストレスを感じているのは確かだが、批判を受けるのも仕事のうちだと思っているので、その程度でため息をつくことはない。

真衣に尋ねられたから、答えたまでだ。

「大変だったね」

さほど同情的な響きのない声で言った真衣は、「私、お風呂に入ってくるから」とリビングを出ていってしまった。

ダイニングの椅子に腰を下ろした柊哉は、黙々と食事を口にする。

(うまい。けど、寂しいな。なぜだ?)

ひと月前までひとり暮らしであったというのに、会話のない静かな食卓を寂しいと思う理由がわからない。

真衣と暮らし始めてからというもの、今までとは感情の動き方が違う気がして、戸惑う時がある。知らない自分が現れたような心持ちだ。

(いや……違うな。この寂しさは知っている。そうか、あの頃と状況が似ているから、寂しいと思ったのか)

思い出しているのは、幼い頃のこと。

柊哉は小学二年生の春まで母親とふたり暮らしで、住まいこそ2LDKの立派なマンションであったが、贅沢はせずに庶民的な生活をしていた。

なぜふたり暮らしかというと、母は柊哉の父親の妻ではなく、愛人であったからだ。

母親の性格は地味であったと思うが、職業は銀座《ぎんざ》のホステスだった。

柊哉の父親とも店で知り合い、恋仲になったと思われる。

母は十六時頃になると綺麗に着飾って、出勤していく。

夕食は柊哉ひとりのことが多く、テーブルには手作りのおかずがいつも四、五品並んでいた。

少し甘めで照りのある肉じゃがも、よく出されていた。

マンションはたぶん、父が母に買い与えたもので、金銭的には困っていなかったと思うが、将来的に父との縁が切れた場合を考えてなのか、母は散財を嫌い、豪華な食事は作らなかった。

けれども、どれも美味しく、愛情を感じる手料理であった。ひとりで夕食をとらねばならない柊哉への、精一杯の愛情表現であったのかもしれない。

そんな母が交通事故で急死したのが、柊哉が七歳の五月のことで、それまで数回しか会ったことのなかった父親に引き取られた柊哉は、父の家族と一緒に暮らすようになったのだ。

自分のために並べられた手作りのおかずの数々と、それをひとりで食べているこの状況が、幼い日の自分を想起させ、寂しく思ってしまったようだ。

（真衣のせいではない。俺が食べ終えるまで向かいに座ってろとは言いたくないし、一時の妻に甘えたくもない。ただ、母さんの命日が近いから、思い出しただけだろう。今年の墓参りは土曜にするか……）

食べ終えて、食器は軽くすすいでから食洗器に入れる。

腹が満たされたせいか、それとも懐かしい寂しさに浸ったせいなのか、その頃には、真衣への苛立ちは四分の一ほどに減っていた。

なんにしろ、落ち着いて話ができそうなのはよかった。

柊哉が三人掛けの黒革のソファに腰を下ろしたら、入浴を済ませ、髪も乾かした真衣が、水色のスウェットのようなルームウェア姿で戻ってきた。

化粧を落としたせいで、二十代前半くらいに若く見える。

白い肌は陶磁器のようになめらかな艶があり、頬に触れてみたい衝動に駆られたが、理性で封じ込める。

真衣はスタスタと冷蔵庫まで行って、ミネラルウォーターを取り出し、コップに注いでいる。

喉を潤している彼女に、柊哉は声をかける。

「こっちに来て座れ。話がある」

「いいけど……ごみ出しの話なら、しないよ。また喧嘩になるもの」

「今朝のことじゃない。昼のことだ」

「昼？」

心当たりがないといった顔で真衣は歩み寄り、ひとり掛けのソファに腰を下ろした。

柊哉は努めて冷静に、詰問調にならないよう気をつけて話す。

「真衣が営業部の男と出かけるところを、偶然見かけたんだ」

偶然……ではないが、双眼鏡で覗いていたとは言えず、そのように切り出した。

「見てたんだ」と真衣はサラリと言う。

少しも焦っていない様子がかえって怪しく思え、柊哉は探るような視線を向けてしまう。

「小林亮。私の同期で、たまにランチや飲み会もする友人だよ。私と和美が、今日はどこで食べようか相談しながら廊下を歩いていたら――」

外回りから戻ってきたばかりの小林が、息を切らせて真衣たちの前に現れたそうだ。

『俺も交ぜて』と言って。

それはたまにあることのようで、真衣は快く了承したものの、和美が急に慌てだして、こう言ったという。

『十三時までにと言われてた資料、課長に提出するのを忘れてた。悪いけど、ランチはふたりで行って。私は社食で済ませる』

社員食堂は社屋の一階にあるけれど、席数は三十ほどと小さいので、サッと食べて席を立つ者しか利用しない。

会話しながらランチを楽しみたい女性社員は皆、外食する。

和美が社食に行くのは珍しく、しっかり者の彼女が急ぎの提出物を失念するのも滅多にないことなので、真衣は不思議に思ったそうだ。

けれども、たまにはそういうこともあるだろうと納得し、小林とふたりでチェーン店のうどん屋に出かけたという弁解であった。

それを聞いた柊哉は、小林が真衣を狙っているのではないかと勘繰った。

和美もそれを知っていて、小林に協力するつもりで、ふたりきりにしてあげたのではないかと。

柊哉の心がざわめきだす。

夫としてのプライドから、妻に手を出すなという気持ちになったが、口にも顔にも出さない。やきもちを焼いたと真衣に受け取られそうで、それはそれで癪に障る。

「手を繋いでいただろう」

それまで落ち着いた話し方を心がけていたというのに、心の中に波風が立つと、声に棘《とげ》が生えてしまう。

すると真衣がムッとしたように眉を寄せて、反論してきた。

「急がないと満席になるからって、亮に引っ張られたんだよ。私は暑いから走りたくないって言ったのに。柊哉、怒ってるの？　嫌だと思ったなら、声をかければよかったのに」

「呼び止められるほど、近い場所にいたわけじゃない。それに声をかければ、俺とお前の関係になにかあると疑われるだろ」

「それは、そうかも」

その点については納得した様子の真衣を、柊哉はさらに責める。

「ランチの相手が女だと、なぜ嘘をついた？」

「あっ……」

初めて真衣の顔に焦りが見られ、弁解がやや早口になる。

「男だと言えば、説明事項が増えて面倒だと思ったの。亮はただの同期で友人。ふたりでランチに出かけても、怪しい関係じゃない。離婚するまで恋愛しないという約束は守ってる。だから安心して……こんなふうに言わなければならないじゃない。女だと言っておけば、そういう説明は省ける。冷やしうどんのトッピングを選んでいるところで忙しかったの」

「なるほどな」

今度は柊哉が納得する番だ。

やましいことがあるから嘘をついたわけではないとわかり、心につかえていたものが落ちた。

その上で、もうひとつの事実に気づく。

(真衣は小林の想いに少しも気づいていないようだな。恋愛ものの漫画を買いあさっているくせに、鈍感な女だ。一応、釘《くぎ》を刺しておくか)

真衣は口を尖らせている。

問い詰められたことに不満げな彼女に、柊哉は諭すように言う。

「小林が告白してきても断れよ。いや、お前が付き合いたいなら、そうすればいいが、適当に理由をつけて離婚する日まで待ってもらえ」

「亮とは友達だと言ってるでしょ」

「向こうはそう思ってないだろ。お前だって好きだと言われたら、意識するんじゃないか？　俺との婚姻中に間違いを起こさないよう、忠告しているんだ」

真衣が怪訝《けげん》そうな目を向けてくる。

「なによそれ。嫉妬？」と、無遠慮に柊哉の心を確かめようとしてきた。

俺の妻に手を出すな……というのが柊哉の本心だが、真衣に惚れているわけではない。

（不倫されるのは御免だ。もちろん俺も絶対にしない）

そう思うのはプライドの問題だけではなく、母親が愛人だったという自分の出自に劣等感を抱き、家族関係に悩まされた少年時代を過ごしたせいだろう。

それを打ち明ける気にはなれず、嫉妬かと聞いた真衣を鼻で笑った。

「なぜ俺が妬《や》かなければならない。惚れる可能性があるのは、お前の方だろ。俺のような上質な男と暮らせることをありがたく思え」

あえて横柄な態度で足を組み、ソファの背もたれの縁に片腕をのせて、虚勢を張った。

本心を隠すために、だ。

（真衣はきっと怒る。また喧嘩になってしまうな。だが、さっぱりした性格のこいつなら、明日には普通に戻っているだろうし、気にしなくていいか）

ところが真衣は、言い返してこなかった。

真顔でじっと見つめてくるから、柊哉は戸惑う。

（まさか、傷ついたのか？　真衣なら平気かと思ったが、言いすぎただろうか……）

柊哉の口元からひねくれた笑みは消え、心の中で焦りだす。

けれども真衣が無言でいるのは、柊哉の言葉に傷ついたためではないようだ。

まじまじと柊哉の顔を見てから、彼女の桃色の唇が開いた。

「柊哉は自分のこと、上質な男だと思ってたんだ……」

「は？」

「客観的な評価を知っておくことも必要だと思うから教えてあげる。柊哉は、いい男じゃないよ。顔はイケメンで社会的地位もお金もあるから、モテてきたんだろうけど、性格は悪いと思う。偉そうだし、自分勝手だし、頑固でひねくれた面もあるよね。外面だけいいのも問題。女は馬鹿じゃないから、柊哉の本性を知ったら、きっと離れていく」

「お前は――」

面と向かって悪口を言う奴がいるかと、柊哉は驚き呆れている。

その直後になぜか清々しい気持ちが胸に広がり、おかしくなって声をあげて笑った。

「いや、気持ちいいほど、はっきり言うと思ってさ。俺は腫《は》れ物に触るように話されるのが嫌いなんだ。だから、お前のその性格は気に入っている。そのままでいろよ」

「な、なに？」

幼馴染の啓介と話している時と、似たような気分になる。

啓介は、柊哉が全てをさらけ出せる唯一の存在だ。

小二で実母が亡くなり、引っ越しと転校を余儀なくされて一度は友人関係が切れたが、数年後に偶然ショッピングモールで再会し、それからは頻繁に電車に乗って会いに行くようになった。

中学から大学まで私立の有名校に通い、そこでも一緒だった。

その長年の付き合いの親友とふたりでいる時のような癒《いや》しを、柊哉は真衣にも感じていた。

それに気づくと、もっと真衣に近づきたくなる。

腰を上げた柊哉は、真衣の座るソファの横に立ち、背もたれに片手をついて、至近距離から彼女を見下ろす。口の端が自然と上を向いた。

好意的な目で見ているのは、真衣にも伝わっているのだろう。

どうして？と言いたげに目を瞬かせている彼女に、柊哉は半分本心で、残りは冗談として言う。

「なぜだろうな。お前が可愛く見えてきた。キスしてやろうか？」

真衣の反応を楽しみに待つ。

（真衣なら当然、からかわないでと怒るよな。いや、案外、照れるかもしれない。赤面されたら、我慢できずに唇を奪ってしまいそうだ）

しかしながら、その予想も覆される。

呆れ顔の真衣が、アヒル口で不満げに言う。

「ビンタしてあげようか。もう、また私の漫画、勝手に読んだでしょ。その台詞、『はっちゃけハイスクールブギウギ』に出てくる玲央《れお》先輩のものじゃない」

「それは、まだ読んでないぞ……」

柊哉は頬を引きつらせる。

素で言ったことが、奇妙で古臭いタイトルの乙女漫画の台詞とかぶっていると言われ、ショックを受けていた。

迫る気もからかう気も失せて、もとのソファに座り直すと、真面目な話題に変える。

「今度の土曜、暇あるか？　付き合ってもらいたい場所がある」

「いいけど、ショッピングなら断る。もう充分にブランド物を買ってもらったから、これ以上はいらないよ。私に買い与えても宝の持ち腐れ」

真衣を買い物に誘い、高級な服やバッグや靴をまとめ買いしたのは、結婚して初めての週末だった。

ありがとうという言葉はもらったが、嬉しそうにはしていなかったように思う。

これまで交際相手に買ってとねだられたことはあっても、いらないと言われたのは初めてだ。

真衣は柊哉が思う一般的な女性像から、ところどころ外れていた。

それが面白いと感じて、真衣にならら自分の生い立ちを話してもいいかという気になった。

「買い物じゃない。墓参りだ」

「お彼岸でもお盆でもないのに？」

「明後日が母の命日なんだ。毎年、花を手向《たむ》けに行く」

「柊哉のお母さん、亡くなっているんだ……あれ？　じゃあ、会長の今の奥さんは後妻さん？」

日葉の会長である柊哉の父は、社内の行事やセレモニーの場で妻を伴うことがある。

柊哉の義理の母の存在を、真衣は知っていたようだ。

柊哉は胸にチクリとした痛みを覚えつつも、顔に出さずに何気ない口調で言う。

「後妻ではない。詳しいことは土曜に話すから。俺も風呂に入ってくる」

立ち上がった柊哉を真衣が、じっと見上げた。

「うん。ごゆっくり」

回答を先送りにされても、引き止めずに見送ってくれるのがありがたい。

〝妾《めかけ》の子〟、陰でそう揶揄《やゆ》されたことが少年時代にあった。

（真衣はどう思うか……）

真衣に話そうと決めたのは、自分を正しく理解してもらえそうな気がしたからだ。

夫婦になって、たったの一カ月だというのに、そんな期待をしている自分を不思議に思った。

（大丈夫だ。真衣なら態度を変えることはない。哀れみも気遣いもいらない。そういうのは、かえって俺を苦しめるだけだと、真衣はきっとわかってくれる……）

一抹《いちまつ》の不安は心の隅に寄せて自分にそう言い聞かせると、柊哉はリビングを出ていった。


土曜の早朝。

ふたりは、花や供物、線香などの墓参セットを携え、柊哉の車で出かけた。

空はパステルで塗ったかのように青く澄み渡り、柔らかな朝日が車内に差し込む。

柊哉は車を二台所有しており、どちらも輸入車だ。

今運転しているのは高級車を代表する車種で、車体は白。

リッチで爽やかな好青年という、柊哉の表の顔に似合う車である。

『私には高級車のよさがわからないよ。動けば軽自動車でもいいと思う』

出発時に真衣にそう言われたが、彼女は今、助手席で快適なドライブを楽しんでいた。

「この車、乗り心地がいいね。早朝は道路が空いていて最高。柊哉、海が見えたよ！窓、少し開けていい？」

柊哉はスイッチ操作で半分ほど窓を開けてやり、注意する。

「危ないから顔は出すなよ」

「そんな子供みたいなことはしないよ。海の香りがする。あ、海鮮丼だって。今通り過ぎた小屋みたいなお店の看板に書いてあった。食べようよ」

「開店前だろ。帰りでもまだ開いてないな」

「えー」と残念そうな真衣をチラリと横目で見た柊哉は、すぐに視線を前方に戻し、フッと口元を緩めた。

「笑った？」

「ああ。無邪気だと思って。お前、ショッピングはやる気がなかったが、ドライブは好きなんだな。今度は墓参りじゃなく、レジャー目的で景色のいい場所を走ってやるよ。道中に気になる店があれば立ち寄ろう」

「本当？　嬉しい。今日の柊哉、夫っぽい」

「戸籍上、間違いなく夫だ。墓にいる母さんに、お前のことは妻だと言って紹介するつもりだから……」

真衣の視線を頬に感じた。

景色を楽しむのを中断したようなので、柊哉は窓を閉める。

自宅を出てからすでに一時間半ほどが経ち、千葉《ちば》県に入っていた。

母親の墓は海の見える高台の寺院墓地にある。

母に実家はない。本当はあるのだろうが、両親や兄弟たちとの付き合いは一切なく、柊哉は葬式でも母の親戚に会ったことがなかった。

都内の芹沢家の墓に愛人を入れるわけにもいかないので、柊哉の父親が母のために、ここに墓を建てたのだ。

あと十五分ほどで到着するので、そろそろ真衣に、生い立ちについて話さなければならないと思っていた。

しかし、話そうとして吸った息が、ため息として漏れる。

打ち明けると決めたのに、心がまた不安に揺れだした。

（同情はしてくれるな。ただ理解して、自分という人間を丸ごと受け入れてほしい……）

半年間の妻に、それを求めていいものかと、迷いが胸に燻《くすぶ》る。

真衣はなにも言わず、柊哉が話しだすのを待ってくれているようだ。

しかし、そこははっきりとした性格の彼女のことである。数分すると、しびれを切らしたように文句を言ってきた。

「言うのか、言わないのか、どっちなの？」

「お前は、俺の生い立ちを聞きたいか？」

「聞きたい。夫のことだもの」

「そうか……」

そう言ってもらえたことで、柊哉の心はやっと定まる。

「俺の実母は――」

銀座のホステスで父の愛人であったことや、ひとりぼっちの寂しい食卓のこと。それでも母の愛を感じて、そこそこ幸せに暮らしていたこと。

小学二年生の春に母が事故死して、父の家族との生活が始まり、毎日がつらいと感じていたことなどを、説明的な口調で一気に話した。

わずか五分ほどの身の上話であったが、やけに喉が渇いて、道中で買った缶コーヒーを半分ほど喉に流し込む。

運転中のため、真衣の顔を見ることはできないが、なんとなく同情的な視線を感じる。

（そうなってしまうよな。あるいは真衣なら……と思ったが、仕方ない。真衣は少しも悪くない。だが、残念だ……）

彼女らしくない、恐る恐るといった調子で、「新しい家族に冷たくされたの？」と問いかけられた。

「いや、逆。腫れ物に触るように大事にされた。妾の子だと俺を馬鹿にしたのは、転校先の級友の一部だけだ。たぶん悪気はあまりない。深く考えず、親の受け売りで新しく知った言葉を使ってみたかったといった感じだったな」

「悪気がないからって、許せないよ」

「俺が傷ついたのは、そういう言葉より、気遣ってくれる新しい家族の方だった。馬鹿にされる方がマシ。俺の方が優秀だったから、勉強やスポーツで見返してやれた。だが、気遣われるのは……」

柔らかい針のむしろに座らされているようだったと、柊哉は振り返る。

今はお袋と呼んでいる父の妻と、半分血の繋がった姉は、柊哉にとても親切だった。しかし、その裏に、本音が透けて見えていた。

本当は家族に迎えたくないが仕方がない。柊哉の父が、跡取りとして育てろというのだから大事にしなければ。考えてみれば不憫《ふびん》な子だ……そのような同情や我慢を、柊哉は幼いながらに感じ取っていた。

家族に親切にされるたびに、引き取ってくれた感謝と申し訳なさが込み上げ、柊哉の心を蝕《むしば》んだ。

自分は厄介者で、生まれてこなければよかったと、ひとり泣いた夜もあった。

だから柊哉は、今でも家族が苦手だ。

そこまで話すと、真衣は「ん?」となにかに気づいたような声を出し、質問する。

「絹代さんも苦手なの?　お見合いの日の柊哉は、かなりのおばあちゃん子に見えたけど」

「祖母は別。心から家族だと思えるのは、亡くなった母さんと、おばあちゃんだけだ」

祖父母の住まいは、同じ敷地内の別棟にあった。

渡り廊下で繋がっていたので、ほぼ一緒に暮らしていたと言っていいだろう。

祖父は病を患い入退院を繰り返していたので、思い出に残るような触れ合いはなかったが、絹代は柊哉を構ってくれた。

柊哉が間違ったことをすれば叱り、手伝いをさせ、そして……真夜中に柊哉がひとりで泣いていたら、なぜか部屋にやってきて抱きしめてくれたのだ。

『柊哉はひとりじゃないのよ。私の可愛い孫。そばにいるから安心してお眠りなさい』

その言葉には確かな愛情が感じられた。

父は不在がちで、母や姉にはまるで客人のように丁寧に扱われた家の中で、絹代だけは本当の家族として柊哉に接してくれたような気がする。

絹代に対しては申し訳ないという思いにならず、純粋に感謝することができた。

けれども、絹代にも全てをさらけ出したことはない。

迷惑をかけているのだから、せめていい子でいないと……そのように家庭内で振舞い、品行方正で優秀な跡取りという顔を演じていたからだ。

きっと絹代は、柊哉のことを誠実で爽やかな好青年に育ったと思っていることだろう。

　全てを聞いた真衣は、先ほどとは違い、「ふーん」と気のない返事をした。

　赤信号で停車したので、彼女の方を見ると、あくびまでしている。

「退屈な話を聞かせて悪かったな」

　呆れて嫌みを言えば、真衣が軽く笑った。

「聞き終えたんだから、気を抜いたっていいじゃない。これでも緊張していたんだよ。もったいぶって四日も間を空けるから、どんな秘密があるんだろうと思って。それで聞いてみたら、そっか、という感じ」

「随分、適当な感想だな」

「可哀想だと言ってほしかったの？」

「いや……」

　そうではない。では、なんと言ってほしかったのか。

　それを考え始めた柊哉に、「私、思うんだけど」と真衣が続きを話す。

「当事者でもない他人に哀れまれたら、自分は人より可哀想なんだと思ってしまいそう。私なら嫌だな。だから感想は言わないよ」

「教えない方がよかったか？」

「ううん、聞いてよかった。柊哉がなんでそういう性格なのかがわかった気がするから。喧嘩も減りそう。柊哉が嫌がること、してほしいこと、今後はなんとなくわかると思う」

ニコリと微笑んだ真衣を、柊哉は驚いて見ていた。

鼓動が急激に速度を上げている。

プップと後続車からクラクションを鳴らされて、信号が青に変わっていたことに気づき、慌ててブレーキペダルから足を外した。

「真衣……」

「なに？」

「お前と啓介って、血縁関係にあるのか？」

「ないよ。なに言ってるの？　須藤さんは見かけたことがある程度で話したこともない」

なんの脈絡もなく、おかしなことを言い出したと、真衣は思っているのだろう。

寺院墓地はすぐ近くで、木立の中の細道に車を走らせつつ、柊哉はまだ動悸《どうき》を抑えられずにいた。

「さっき、お前が言っていたこと、ほぼそのままに啓介に言われたことがあるんだ。

あいつに初めて俺の家の事情を打ち明けた小六の時だ。『お前が一番自分を可哀想だと思っているんじゃないか？　そう思ったら負けだぞ』とも言われた」

「へー、須藤さんと私、気が合いそう。自分を可哀想だと思ったら負けというか、人生を楽しめなくなりそうでもったいないと私も思う。早くにそれを言ってくれる友達がいてよかったね」

「ああ……」

高ぶる気持ちを抑えようとしても、口元がにやけてしまう。

（啓介と同じだ。俺の気持ちをわかってくれた……）

それが嬉しくて、できることなら抱きしめてお礼を言いたい。

プライドが邪魔をして、できそうにないけれど。

「真衣は俺が知ってるどの女とも違うタイプだ。お前となら、啓介と同じような関係を築けそうな気がする」

現時点での最大の褒め言葉としてそう伝えたのだが、妻に向けた台詞としては不適切かもしれない。

「私が柊哉の親友になるの？　変なの」

冗談と受け取った様子の真衣に、クスクスと笑われてしまった。

寺院墓地に着いて車を降りても、まだ八時前であった。

盆でも彼岸でもないので、他に人はいない。

墓は全部で二百基ほどのこぢんまりとした墓地で、緑に囲まれてひっそりとしている。

綺麗に刈り揃えられた芝生の小道を踏んで、母親の墓の前に立つ。

亡くなってからもう二十二年経ったとはいえ、ここに来れば当時の絶望的な悲しみを思い出して、胸に切なさが押し寄せる。

けれども今日はそれがない。

「母さん、久しぶり。今日は俺ひとりじゃないんだ」

妻を紹介するという目的があるから、感傷的にならずにいられるのかもしれない。

墓石の汚れている箇所をタオルで拭き、水をかけ、線香を焚《た》く。

真衣は花と、籠《かご》に入った果物をそなえてくれていた。

そうしながら柊哉は、母に話しかける。

「結婚したんだ。真衣は日葉の社員。生意気で口答えばかり。すぐ喧嘩になるが……可愛い女だ。手料理がうまい。肉じゃがは、母さんのと似た味がする」

「えっ……」と後ろで、小さな驚きの声が聞こえた。

肩越しに振り向けば、真衣が頬を染めている。

交えた視線はサッと逸らされ、恥ずかしそうにするとは珍しい。

「お前、まさか、て――」

照れているのかと聞こうとしたが、顔を赤らめたままに真衣が怒りだした。

「私も柊哉のお母さんと話したいから、そこどいて。邪魔」

「前言撤回した方がいいようだな」

「そうだよ。可愛いとか、なに言ってるの。不意打ちでそんなこと言われたら、どうしたって照れるじゃない」

「やっぱ照れてたのか……」

おかしくなって肩を揺らしながら、柊哉は真衣の斜め後ろに下がる。

真衣は墓石の正面にしゃがんで目を閉じ、手を合わせた。

ラフな格好でいいと言ったのに、清楚でクラシックな雰囲気のある紺色ワンピースに身を包んでいる真衣。

『初めましてのご挨拶だから、きちんとしないと』

出かける前に、そう言っていた。

相手は鬼籍《きせき》に入っているというのに、律義《りちぎ》な一面もあるようだ。

それに対して柊哉はグレーの夏物のズボンに、白いTシャツと水色のボタンダウンシャツという普段着である。

一年のうち、スーツを着ていることの方が圧倒的に多いので、むしろこっちの服装の方が特別なのかもしれないが。

真衣のワンピースの半袖から出た細い腕は白く、ふっくらと丸みのある頬が女性らしい。

出社する日は結わえている長い髪を、今日は下ろしていた。

艶やかな黒髪が風にそよぎ、祈りの中にいる真衣の横顔を隠してしまう。

その髪を耳にかける仕草に、柊哉の鼓動が跳ねた。

(真衣は時々、色っぽい。おかしな気を起こさないように気をつけないとな。手を出さないという約束は守らなければ……)

数分後に目を開けて立ち上がった真衣が、すっきりとした顔で後ろに振り向いた。

「私はもういいよ」と、柊哉に場所を譲ろうとする。

「俺もいい。母さんに言いたいことは、全部言ったから。お前はなにを話したんだ？」

「内緒」

いたずらめかしたような笑みに、柊哉は眉を上げる。

「言えよ。気になるだろ」

「大したことじゃないもの。単なる告げ口と――」

「おい」

「副社長業務、大変そうだけど頑張ってますよ、という話と、十月まではちゃんと料理をして食べさせますので食生活の心配はいりませんという話をしたの」

（十月十二日が、離婚する日だ。ひとり暮らしに戻ることを考えたら、寂しいな。真衣の前で、そんな女々しいことは言えないが……）

ふたりは並んで、もう一度手を合わせてから、芝生の道を引き返す。

なだらかな坂を下り、駐車場へ向かっていると、「ねぇ」と真衣に袖を引っ張られた。

「あそこ、桜が咲いてる」

彼女の指さす先、三十メートルほど右に、駐車場を囲う緑の木々に交ざり、たくさんの花をつけた木が一本ある。

柊哉の背丈ほどの高さで、花の色はピンクというより白に近い。

「あんな木があったんだな。気づかなかった。今、五月だぞ、桜じゃないだろ。果樹の花だな。りんごか梨か……」

「なんの木でもいいよ。お花見していこう。あそこに自販機があるよ。私、飲み物買ってくるね」

墓地で果樹の花見とは、おかしな気分だが、真衣が望むならと、柊哉は財布を取り出した。

千円札を一枚渡して言う。

「俺はいらない。お前の分だけ買ってこい」

「飲まないのに、お金くれるんだ」

「お前は貧乏だからな。給与を漫画本につぎ込んでいるせいで」

「否定はしないよ。ありがとう」

真衣は自動販売機へ。柊哉は先に、果樹の花の方へ向かった。

近づけば、それがりんごの木であることがわかる。

微かに甘酸っぱいりんごの香りがする。なにより幹に品種を書いたプレートがつけられているので、間違いない。

舗装された駐車場は一段低く、縁がコンクリートで固められているので、ベンチ代わりにできそうだ。

さっと砂を払って腰を下ろしたら、飲み物を手に真衣もやってきた。

その手にあるのは茶色い小瓶のエナジードリンクで、つっこまずにはいられない。

「じじくさい選択だな」

「子供の頃から好きなの。じじくさいのは、そうかもね。おじいちゃんの家に常備されていたのを、遊びに行くたび飲んでたから」

「なるほどな」

隣にハンカチを広げて置いてやると、真衣は笑ってお礼を言った。

「ありがとう。今日は紳士だね。どうしちゃったの?」

「馬鹿やろう。俺はいつもこうだ」

「嘘ばっかり」

腰を下ろした真衣は、エナジードリンクをちびちびと飲む。

その様子を、柊哉は立てた膝に頬杖をつきながら眺めていた。

濡れた唇にそそられ、キスしてみたくなるが、手を出してはいけない妻なのだと思いとどまる。

「なに? そんなに見られると飲みにくい」

「気にするな。真衣……今日はありがとな。母さん、喜んでいると思う。俺もお前の親に挨拶しに行ってもいいぞ」

結婚は公にしないのが約束で、絹代にも口止めしてある。

今は多忙で結婚式を挙げられない。時機を見て家族に真衣を紹介し、公表もするから、それまで誰にも言わないでくれと頼んだのだ。

真衣も、勲以外の家族に教えていないと言っていた。

離婚時に親がしゃしゃり出てきて揉める心配がなく、柊哉にとってはその方がありがたい。

けれども今、真衣が望むなら挨拶しに行ってもいいという気になっていた。

墓参りに付き合ってくれた、お礼のような気持ちで。

すると真衣が、迷惑そうに眉を寄せる。

「えー、やめてよ。面倒くさい」

「親と仲が悪いのか?」

「ううん、普通。お母さんとはね。お父さんは、どこでなにしてるのか知らない。離婚してるから」

真衣はなんてことない顔をして、淡白な声で説明する。

両親の離婚は真衣が四歳の時のことで、理由は父親の不倫だった。

離婚後に一度会ったことがあるらしいが、真衣の記憶に残されておらず、寂しさも恋しさも全くないという話だ。

「私が社会人になるまで、お母さんと妹と三人暮らしだったの。おじいちゃんはお母さんの父親で、よく会ってたけど、一緒に住んだことはないんだ」

実家は都内の1LDKの集合住宅で、食品会社に勤めている三歳下の妹が、今はひとりで住んでいる。母親は、昨年からカナダにいるという。

「カナダには仕事で？」

「語学留学。やってみたかったんだって。おじいちゃんが資金援助してくれたとはいえ、娘ふたりを大学まで出すのに必死に働いてくれて。妹が社会人になった時に、今後は自分のために生きると宣言してた。メールで定期的に連絡してるけど楽しそうだよ。いろんな国の若い友達ができたんだって」

日本にはいないから挨拶はいらないと、真衣は言った。

「いたとしても気にしなくていいよ。お母さん、さっぱりした人だし」

(似たもの親子ということか。それならなおのこと、会ってみたかったな……)

そのような気持ちになったのは、真衣への興味が深まったからなのかもしれない。

彼女がなにに喜び、なにが苦手で、どんな場面でどういう反応をするのか、探ってみたくなる。

「漫画とエナジードリンク以外で、好きなものは？」

「唐突だね。どうしたの？」

「聞いてみたくなっただけだ。苦手なものは？」

妻をもっと知りたいという、柊哉の純粋な探求心に、真衣は嫌そうに眉を寄せた。

「帰ったら玄関にゴキブリの玩具《おもちゃ》が置いてあるとか、バスルームにゴム製の蛇《へび》が吊《つ》るしてあるとか、やめてよ」

「俺はガキか。するわけないだろ。例えば、こういうのが苦手かどうかが知りたい」

「こういうのって？」

首を傾げる真衣を、ニヤリと口の端を上げて見た柊哉は、彼女の太腿《ふともも》を枕にして、仰向けに寝そべった。

「わっ……！」

真衣は驚きに声をあげたが、ドリンクの小瓶を手にしているため、とっさに防ぐことができなかったようである。

「急になにするのよ」

「気持ちいいな……。こういう触れ合い、お前は嫌か？　嫌ならすぐにやめる」

女性らしい丸みのあるフェイスラインと、パッチリとした勝気な目を見上げ、柊哉は真顔で問いかけた。

真衣は珍しく、なんと答えたらいいのかと、戸惑っている様子。

視線を泳がせてから、口を尖らせ、恥ずかしそうに答える。

「別に、嫌じゃないけど……」

「そうか。なら、少しこのままでいさせてくれ」

目を閉じれば、緑と土の匂いを含んだ風を感じた。

朝の日差しは柔らかく、暑くはない。

気の抜けたような長い息を吐き、口元をほころばせた。

柊哉は今、穏やかな幸せに浸っている。

「甘えちゃって……」

独り言のような文句が聞こえた後には、頭を優しく撫《な》でられた。

私の前では素顔のままでいて。離婚まであと120日

蒸し暑さの続く六月上旬。

昨晩から雨が降り続け、真衣のイライラに拍車をかけていた。

今日は十時半から会議があった。

終わったのがつい先ほどで、時刻は昼休みに入ったところである。

ノートパソコンと紙の資料を抱えた真衣は、会議室を出て階段を下り、三階の廊下を歩いている。

噛《か》みしめた唇が、少し痛い。

(柊哉が憎い。うちのチームが半年かけて作ったものを、簡単に却下するなんて。あの男、どうしてあげようか……)

チームで開発した学資保険の新プラン案を、社長以下、重役四人と、関係部署の部長職数人が揃う中でプレゼンした。わりと自信を持って臨《のぞ》んだというのに、副社長の顔をした柊哉に、真っ先にこう言われたのだ。

『魅力が薄いですね。他社商品と比較して抜きん出たものがないようです。少子化の

今、学資保険は特に顧客の取り合いです。他社商品から乗り換えてもらえるとは思えません。商品名は覚えやすいですが古臭さが否めない。顧客は若い年齢層の夫婦だということをもっと意識してください』

柊哉がそう言うと、プレゼン中は頷いてくれていた小峰《こみね》社長も、『そうだな』と否定的な見方をし始めた。

社長は芹沢家の親類ではなく、三年ほど前に外部から入った人である。

なんとなく会長の息子である柊哉に合わせているような、頼りなさを感じた。

ひとりだけ、これでいいのではと言ってくれたのは、白川《しらかわ》専務だ。

四十歳の白川専務は、柊哉の姉の夫、つまり義兄である。

副社長、社長の意見に同調せず、企画部の社員の努力を評価し、肯定的な意見を述べてくれたので、真衣は白川専務に好感を抱いた。

それに比べて柊哉は……。

市場調査と他社商品の分析と研究まで戻ってやり直せということを、丁寧な口調と紳士的な態度で命じ、会議を終わらせたのだ。

否定的な意見を述べる柊哉が、終始、好青年風の笑みを浮かべていたことを思い出し、それがまた真衣の怒りに油を注ぐ。

（プラン案を白紙に戻されたというのに、うちの先輩の目がハートになっていた。女を騙《だま》すのはやめてよね。まぁ、生い立ちを聞けば、いい子を演じるようになったのは仕方ないとも思うけど……）

柊哉の二面性の根本は、愛人の子という出自にあるように思う。

新しい家族に見捨てられないように、迷惑をかけないように、できれば受け入れてよかったと思ってほしい……そのような思いが、柊哉に仮面をかぶらせたのだ。

それを思うと、怒りの目盛りは少し下がるが、唇を噛むのはやめられない。

企画部のオフィスまであと少しという廊下の途中で、向かいから来た和美と鉢合わせる。その手には、書類の入ったクリアファイルが持たれていた。

「和美、どこか行くの？　今日は一緒にお昼に入れない？」

「総務にこれを出しに行くだけだから大丈夫。少し待っていて」

そう言ったのに、ふたりは足を止めて立ち話を始めてしまう。

「真衣、眉間に縦線入ってるよ。企画、通らなかったんだね」

「そう。調査研究からやり直せってひどいと思わない？　充分にやった結果のプランなのに。他社商品と似てしまうのは仕方ないでしょ。他社だって採算が取れるギリギリのラインで計算しているんだろうから。学資保険は加入者数が限られて儲からないとわかっているなら、撤退する決断すればいいのに」

「真衣、シッ。声落として。廊下で重役の悪口言ってると思われるよ」

昼休みに入ったばかりなので、廊下にはランチに向かう社員が十数人いる。

和美は辺りに視線を配り、誰もこちらに注目していないとわかると、ホッと息をついた。

「ごめん。もう言わない」と口を閉ざした真衣に、和美が首を傾げる。

「なんでそんなにイラついてるの？　企画部の宿命ともいえる、いつものことなのに」

「そう、だよね……」

和美の言う通り、何カ月もかけた企画を、重役に簡単に却下されるのは、企画部にとって当たり前である。通ることの方が少ないのだ。

努力を踏みにじられたと、いちいち怒っていては心が持たない。

真衣も何度もそれを味わい、気持ちの切り替えの早さには自信を持っていた。

それなのになぜ、こんなに怒っているのだろう……。

真衣自身も疑問に感じて目を瞬かせれば、意味ありげな笑みを浮かべた和美が、真衣の耳に口を寄せた。

「きっと、副社長に言われたから余計に腹が立つんだよ。旦那には苦労をわかってほしかった、という気持ちなんじゃない？」

「そう、かも……。嫌な気分なのは自分のせいだったんだ。あっちはいつも通りの仕事をしていただけなのに。うわぁ、ショック。甘えた考え方をしていたってことか……」

「真衣が甘えたくなるなんて、さすが副社長。結構うまく夫婦をやってるみたいだね。これは、あいつを諦めさせないといけない展開かな……」

「あいつ？」

真衣と半歩の距離で向かい合う和美が、苦笑している。

確か前にも、あいつが気にするとかどうのと、歯切れの悪いことを言われた気がする。

和美は教える気がないようで、小さく首を横に振ると話を戻した。

「腹立たしく思うのも、相手に認めてもらいたいと期待するのも、恋心の一面だよ。一緒にいるうちに好きになったんじゃない？」

からかうのではなく、真衣の変化を喜んでいるような口振りだ。

真衣はすぐに否定できず、自分の心に問いかける。

（私、柊哉のことが好きなの？　最近は結構仲よく暮らしているけど……）

振り返ってみれば、半月ほど前の墓参り以降、柊哉との関係が少し変わった気がする。あの時に膝枕を許したためか、スキンシップが増えたのだ。

呼びかけられる時に『おい』という言葉だけではなく、肩や腕に触れられる。

三人掛けのソファでテレビを見ていたら、隣に詰めて座られ、肩に腕を回されたこともあった。

『どうしたの?』と理由を聞いても、『なんとなく』と答えになっていない返事をされただけ。嫌だとは思わなかったので、そのままバラエティ番組をふたりで視聴し、一緒に笑ったのだ。

子供の頃のひとりぼっちの寂しい夕食の話を聞いたから、なるべく彼の夕食に付き合うようにもしている。

食べずに待っていることもあれば、先に済ませたので、お茶を飲みながら向かいに座って、彼が食べ終えるまで話し相手になってあげる時もある。

これは三日前の話だが、食べている途中の彼に左手を差し出されたことがあった。

醤油差しを取ってほしいのかと手渡そうとしたら、『違う』と言われて、手を繋がれたのだ。

『食事中に手を繋ぐ意味がわからないんだけど。食べにくいでしょ』

『小さくて柔らかそうで、触れたくなったんだ。けど、そうだな。食べ終わってからにするか』

『それも意味がわからないよ』

そのような会話を交わし、おかしくなって笑った。

まだある。

今朝は先に家を出ようとしていた柊哉を玄関で見送ろうとしたら、頭をポンポンと叩かれた。

『今日は企画部の会議だな。お前のプレゼン、期待してる。頑張れよ』と言って。

励ましを嬉しく思い、彼を送り出した真衣であったが……。

(そういえば私、見下されている感じがするから頭ポンポンが嫌いだったのに。なんで平気だったんだろ)

そのことに気づくと、心の中にさざ波が立つのを感じた。

(まさか……恋してるから?)

知らず知らずのうちに恋心が芽生えていたのではないかと疑い、それはまずいと、否定する方向へ気持ちを向けようとする。

「半年間の契約なの、話したでしょ。好きになってどうするのよ」

和美への返事がまるで、自分への説得のように聞こえた。

（気をつけよう。柊哉と一緒にいる時の楽しさが、恋にならないように……）

作り笑顔で焦りをごまかしつつ、自分を戒《いまし》める真衣であった。


時刻は二十一時を過ぎたところ。

夕食とシャワーを済ませた真衣が、自室のベッドに寝転がって新刊の漫画本を読み耽っていると、「ただいま」と玄関から声がした。

ちょうど山場に差しかかったところであったが、すぐに漫画本を閉じて廊下に出る。

「お帰り。お疲れ様。今日はいつもより少し遅かったね」

三十分ほどであるが、「忙しかったの？」と問うと、真顔の柊哉がネクタイを緩めつつ歩み寄る。

真衣の正面に立った彼に、なぜか無言で見つめられた。

そのまっすぐな視線に真衣の心臓が波打つ。

それを悟られぬように、「ん？」と首を傾げたら、ため息をつかれた。

「忙しさはいつも通り。今日は急いで帰ろうという気にならなかっただけだ」

「なんで？」

「お前が、怒っていると思ったから……」

企画部の会議を否決で終わらせたことを、気にしていたらしい。

「私の機嫌を気にするなんて、柊哉らしくない。別に怒ってないよ。意地悪されたわけじゃないもの。仕事上のことは仕方ないと思ってる」

会議を終えた直後は怒り心頭に発する心境であったけれど、和美に指摘されたことで反省し、そこからは平常心でいられた。

どことなく不貞《ふて》くされているような顔の柊哉が可愛く見えて、笑ってしまう。

「私が怒っていると思って帰りにくかったんだ。意外と女々しいね」

そのようにからかうと、ムッとした顔をされた。

「会議室で俺を睨んできた女は、どこの誰だ？」

「あの時は腹が立ったけど、すぐに気持ちを切り替えたよ。なによ、そっちこそ、うちの部署の女性社員に色目使って」

「色目？　普通に笑いかけただけだろ。こっちだって好きで否決したんじゃない。お前らの努力を否定するようで、心苦しさは感じている。だからこそそのフォローの笑顔だ」

「柊哉、自分の顔を鏡で見たことある？　その顔で爽やかに微笑まれたら、誰でも恋に落ちるから。そのフォローの仕方はやめた方がいい」

久しぶりの口論が始まったかと思ったが……柊哉が眉間の皺を解いて目を瞬かせている。

「お前、俺の顔が好きなんだな……」

ポツリとそう言った後に、急に瞳を艶めかせ、通勤鞄を廊下に落とした。

その手で真衣の腰を引き寄せ、両腕に閉じ込める。

「な、なに……？」

戸惑う真衣が両腕で彼の胸を押しても、ビクともしない。

顔の距離はわずか拳ふたつ分で、嬉しげに弧を描く瞳と視線が交わった。

思わず真衣の鼓動が跳ねる。

「遠慮はいらない。俺に惚れていいぞ。お前の全てを受け止めてやる」

「しゅ、柊哉……」

真衣の乙女心が刺激され、頬は勝手に熱くなる。

（本当に受け止めてくれるというのなら……）

一瞬そのような気持ちにさせられたが、やはりというべきか、それも真衣の漫画本の中にある台詞であった。

ひょっとして自分は柊哉に恋をしているのかもしれないと、昼間に考えてしまったことで、うっかり騙されるところであった。

(まったく、もう。私がその気になって離婚を渋ったら、困るのは柊哉でしょ。そういうの、ちゃんとわかっているのかな……)

ムッとするというより、呆れていた。

動悸はすっかり収まり、心に余裕ができると、仕方ないから恋人ごっこに付き合ってあげようかという気になる。

柊哉が言った台詞は、オフィスラブ漫画のひとコマだ。

若き俺様社長とウブな女性秘書の恋。

今、柊哉がしているように、社長が腕にヒロインを閉じ込め、口説いているシーンである。

それに対してヒロインは、こう言うのだ。

「そんな優しい言葉をかけないでください。我慢できなくなります。私は……社長が好きなんです!」

漫画では泣きながらの返事であったが、女優じゃないので、そこまでは演じられない。

それでも健気なヒロインを真似て、秘めた想いを一大決心で告げた……という演技をしてみた。

柊哉はなぜか驚いたように固まっている。

その頬が色づいて見えるのは、気のせいだろうか。

彼は漫画のヒロインの名ではなく、「真衣……」と呼びかけた。

口の端がゆっくりと嬉しげに弧を描こうとしているが、なにかに気づいたように動きを止めると、直後に眉を寄せた。

「俺、まだ社長じゃないぞ」

「知ってるよ。ほら、早く次の台詞言ってよ。せっかくのってあげたんだから」

「……忘れた」

深いため息をついた彼は、真衣を離すと、拾い上げた鞄を押しつけるように渡してきた。

「オタク女め」

悪態までつき、すぐ横にある洗面脱衣室のドアをやる気がなさそうに開けている。

（怒ってるの？　それとも呆れてる？　柊哉から仕掛けておいて、なにその態度。わけわかんない）

「先にシャワー浴びる。五分で出るから、その間に飯の用意しといて」

「急に俺様。なんなのよ、もう……」

閉められたドアに向けて頬を膨らませたが、きっと疲れているのだろうと思うことにする。

空腹でイラついているだけかもしれない。

今日の夕食のメインは豚の生姜焼き。暑いので、冷奴やキュウリの酢の物などのさっぱりとした副菜を四品つけた。

自分ひとりなら、こんなにおかずを用意しない。

柊哉のために作った料理を並べに、ダイニングへ向かう真衣であった。


リビングの時計が二十一時四十五分を指していた。

夕食を食べ終える頃には柊哉の機嫌は直っていて、「今日もうまかった」と満足げな吐息を漏らしている。

綺麗に空になった皿を見れば、真衣の心にも穏やかな喜びが広がる。

(ありきたりな家庭料理でも、いつも美味しく食べてくれる。なんだろう。こういうのって、すごく幸せな気分。明日はなにを作ろうか。もっと柊哉を喜ばせたい……)

食器を片付けようと、ダイニングの椅子を立った真衣に、柊哉が声をかける。

「たびたび悪いが、今度の日曜も空けておいてくれ」

「その日は駄目。和美と映画を観に行く約束してる」

「別の日に変えてもらって。俺が優先だ」

「えー」

今日は随分、俺様風を吹かせると、真衣は眉を寄せる。

怒る前に一応予定を聞いてあげようとも思い、日曜にどこに行きたいのか尋ねた。

「ホテル」

「えっ？　旅行しようということ？　まさか、ラブホテルの誘いじゃないよね」

「やらしい期待をするなよ。仕事のうちだ」

そう切り返してきた柊哉の口元は、おかしさを隠そうとしているように見えた。

わざと勘違いさせるようなことを言って、真衣の反応を楽しんだようだ。

「仕事って、どういうこと？」

ムッとして問う真衣に、足を組んだ柊哉が偉そうに説明する。

それは、新設ホテルのオープニングセレモニーに参加するというものだ。

ハセガワロイヤルホテルという名で全国展開しているホテルで、新しく建てられたのは都内で四軒目だという。

経営者側になると、他業種との横の繋がりも増えるそうで、以前から懇意にしているホテルオーナーに招かれたそうだ。

「父さんが行けないから、俺は欠席できない。こういうの、大抵、夫婦同伴なんだよ。秘書の女性を伴って出席する独身者もいるが、俺の秘書は男だからな」

「ふーん。それで私を連れていこうとしているんだ。でも、なんて言って紹介する気？　結婚は秘密なのに」

「うちの社員。それでいいだろ」

真衣は食器を重ねて流し台に運び、スポンジに洗剤をつけながら「和美に申し訳ないな」と呟いた。

映画の約束は先週からしていたのに、三日前になってキャンセルの連絡をするのが心苦しい。

「なんでもっと早く言わないのよ」と不満をぶつければ、柊哉が不貞くされた顔をした。

「行きたくないならいい。秘書課の誰か可愛い子に頼むから。お前は映画に行ってこい」

「行きたくないとは言ってないでしょ！　和美には謝って、別の日にしてもらう。私がいるのに他の女性を誘わないで」

　そのように言ったのは、焦りからである。

　柊哉が自分以外の女性を連れて歩くのを嫌だと思ったのだ。

　その直後、まるで嫉妬のようだと気づき、真衣の鼓動が高まる。

（違う。嫉妬じゃない。拗《す》ねた柊哉が挑戦的なことを言うから、ムキになってしまっただけで……）

「ふ、深い意味はないからね」

　動揺しながら言い訳して、ごしごしと必要以上に力を入れて食器を洗う。

「ああ……うん」

　ダイニングをチラリと見れば、柊哉がほのかに赤い顔をして、人差し指で頬をかいている。

「日曜、頼むな」

　壁の方を見ながらそう言った彼は、照れたような笑みを浮かべていた。

　日曜は久しぶりの快晴で、六月にしては強めの日差しが降り注いでいる。

真衣は柊哉に連れられ、古い商業ビルの跡地に建てられたという、真新しいホテルに来ていた。

十五階建てのホテルのロビーは、伝統とモダンが融合したようなヨーロピアンテイスト。フロアタイルにはスタイリッシュな模様が描かれ、フロントのカウンターやソファなどのインテリアは宮殿風の趣《おもむき》がある。

三階までの吹き抜けの天井に、煌《きら》びやかなシャンデリア。

その豪華で広々としたロビーに集うのは、三百人ほどの招待客である。

到着から十五分ほどは、あちこちで名刺交換や挨拶が交わされていたが、開館セレモニーが始まると、急に静かになった。

ハセガワロイヤルホテルのオーナーは、五十代に見える恰幅《かっぷく》のいい男性だ。

半円を描くように並んだ招待客に向かって、スタンドマイクを前に謝辞を述べている。

それを聞きながら、真衣は隣に立つ柊哉をチラチラと見ていた。

彼が着ている紺色のスーツは日常的に見ているものだが、ネクタイとポケットチーフが光沢のある水色で、パーティー仕様である。

ジャケットの中のベストはグレーで、色を違えたところがお洒落に思えた。

（憎らしいほど、かっこいいよね。見た目だけは。ドキドキしたことは、内緒にしておこう……）

真衣の視線に気づいたのか、柊哉が横を向いた。

なに？と言いたげな視線に、真衣は小さく首を横に振る。

すると、顔を寄せられ、耳打ちされた。

「挨拶長めの人なんだ。あと十分はかかると思う。だから先にトイレ行っとけって言ったのに。漏らすなよ」

「トイレに行っていいか聞こうとしたんじゃないよ。こういう場に慣れてないから落ち着かなくて……」

見惚れていたとは言えず、小声でそのように弁解した。半分は事実でもある。

柊哉の隣で作り笑顔をキープしながら、社会的に地位がありそうな人たちに挨拶して回るのは緊張するものである。

柊哉に恥をかかせるわけにいかないと、真衣なりに努力しているつもりだ。

すると、彼がフッと笑って、また耳元で囁く。

「おどおどせず、堂々としてろよ。大丈夫。今日のお前は綺麗だ」

真衣が着ているのは、明るいベージュの半袖ワンピース。

これは柊哉に買ってもらった高級ブランドの品で、袖と裾がドレッシーに波打っているが、全体的にはシンプルなラインだ。

小柄ながらメリハリのあるスタイルの真衣を、上品に引き立ててくれる。

それにパールのネックレスとイヤリングをつけ、髪は下ろし、バッグと靴は黒。

自宅を出た時にも、似合っていると褒めてくれたが、今はその時以上に照れくさい。

(柊哉に綺麗と言われると、なぜかものすごく恥ずかしい……)

鼓動が高まるのを感じつつ、真衣はコクリと頷いた。

静かなセレモニーの場であるから、雑談を続けるわけにいかない。

なんと返事をすればいいのかわからなかったので、それに助けられた心持ちでいた。


神主の祝詞とテープカットも済み、三十分ほどでセレモニーは終了となった。

招待客はぞろぞろと二階の大ホールへ移動する。

これから始まるのは立食パーティーで、大皿の豪華なビュッフェ料理が、クロスをかけた長テーブルにずらりと並んでいた。アルコールも飲めるという。

「飲むか?」

「ううん。昼間から飲む気はしない。柊哉、飲みたいなら飲んで。帰りの運転は私がする」

　柊哉の愛車で来たので、そのように提案したが、渋い顔をされた。

「免許取って何年？」

「八年。ゴールド免許だよ。車持ってないからほとんど運転したことないけど」

「俺の車を運転するなどと、よく言えたな。その度胸が恐ろしい」

　結局ふたりともお茶のグラスを手に、料理を適当につまんで、ここでもまた何人かと挨拶を交わす。

　終了予定時刻までまだ一時間ほどあるが、真衣はそろそろ愛想よく上品に振る舞うことに疲れてきた。

　それに気づいたのかどうかはわからないが、柊哉がいたずらめかした笑みを浮かべて真衣を誘った。

「ここを抜けて、館内を探索しよう」

「いいの？」

「一般客を入れるのは明日からだそうだ。バレなきゃいいだろ」

「日葉を背負って立つ副社長とは思えない発言だね……」

　そうは言いつつも、真衣は笑顔で頷いた。

ここでひたすら作り笑いを浮かべているより、ずっと楽しそうだと思うからだ。

ホールを出たふたりは、エレベーターで最上階へ。

バーラウンジも客室のドアが並んだ廊下も無人で、照明は落とされており、いけないことをしているような心持ちで真衣の胸は高鳴る。

眺望を楽しんでから、階段を使ってフロアを覗いては下りるを繰り返し、三階に辿り着いた。

その階に客室はなく、美容室、更衣室、控室、中小ホールが四つとチャペルがあった。

「真衣、チャペルを覗いてみよう」

「入って大丈夫？」

「駄目だけど、大丈夫なんじゃないか」

声を潜めて笑い合ったふたりは、四メートルほども高さのある白い両開きの扉を開けた。

「わっ、素敵……」

思わず真衣の口から感嘆の息が漏れる。

奥行きのあるこのチャペルは、ほぼ百パーセント婚礼に使うのだろう。

中央には、赤絨毯《あかじゅうたん》が敷かれている。バージンロードの先に説教台があり、その後ろの壁には十字架と二枚のステンドグラス窓があった。

日差しが、聖人を描いたステンドグラスを鮮やかに輝かせている。

真っ白な床は七色に染められて、見惚れるほどに美しい。

「いつか、こういう場所で結婚式を挙げてみたいな……」

チャペルウエディングは乙女の憧れで、可愛げが足りないと言われがちな真衣にも願望がある。

「柊哉、一緒に歩いて」

挙式を真似てみようと、彼に腕を絡ませたら、手を振り払われた。

「俺はお前の父親か。新郎役ならやってやる」と、苦笑してツッコミを入れられる。

柊哉が先に説教台の前まで行き、真衣の方に振り向いて立つ。

真衣はクスクスと笑いながら、彼の方へ一歩一歩ゆっくり進んだ。

真似事でも、心が弾む。

左手をスラックスのポケットに突っ込んだ柊哉が、真衣に向けて右手を差し出す。

「横柄な態度の新郎だね」

「お前の前で気取りたくない」

彼と手を重ねると、真衣の鼓動が二割増しで速度を上げたが、その理由を探らないように気をつける。

柊哉と手を繋いで向かい合い、笑みを浮かべて憧れを語った。

「純白のウエディングドレスを着て、指輪交換をしてみたいな。フラワーシャワーとブーケトスもね。挙式と入籍はセットだと思っていたのに、おかしな結婚をしたものだよね。プロポーズさえされてない」

『俺と結婚しろ』

二カ月ほど前に料亭で柊哉に言われたのは、プロポーズではなく、契約交渉だと捉えている。

味もそっけもなく婚姻届に記入し、愛のない新婚生活がスタートしたのだ。

真衣の憧れる結婚とはだいぶ違う。

「お前もそういうのに憧れるんだな……」

意外そうな目で見られた後、繋いでいる手を強く引っ張られた。

「えっ……？」

真衣は柊哉に片腕で抱かれている。

スーツの胸に顔をあてて心臓を大きく波打たせていたら、耳元で囁くように言われる。

「友情じゃなく、これは愛情だ。お前を誰にも奪われたくない。俺と結婚して」

（また、私の漫画……）

幼馴染で会社の同期という関係の男女が、これは友情なのか愛情なのかと心を揺らす様を描いたその漫画も、真衣のお気に入り。

ヒロインに感情移入しすぎて、プロポーズのシーンでは嬉し泣きしたけれど、今は心に虚しい風が吹く。

（偽物のプロポーズは寂しい。柊哉はきっと、私が喜ぶと思って漫画の真似をするんだろう。仕方ない。意地悪じゃないようだから、付き合ってあげるか……）

彼の胸を押して距離を空け、すっかり見慣れた端整な顔を仰ぐ。

面白がってはいないようだ。

真衣と同じように切なげな顔に見えるのは、漫画の通りに演じようとしているからなのか。

「子供の頃から一緒にいる私を、女として見れないと言ってたよね。結婚したいって、本当に……？」

「悔しかったんだ。ヒナノに男として見られていないと思っていたから、それなら俺も……そんな気持ちで嘘ついた。後悔してる。けど信じてほしい。俺は子供の頃からお前に惚れてる。今さら結婚したいと言っても遅いのか……？」

「遅くないよ。私、課長のプロポーズ断ったの。タケルを忘れられそうにないから。私もずっと好きだった。この先もタケルと一緒にいたい」

ヒナノ、タケルと漫画の登場人物の名を真顔で呼び合い、同時に吹き出した。

真衣の切なさは半減し、こういうのも悪くないと思い直す。

徐々に変わろうとしている柊哉に対する気持ち。

今は一緒に暮らすことが自然に思え、日々のなにげない生活の中で、楽しさや喜びを感じている。

時には、ドキッとさせられることも……。

その気持ちと向き合いたくないので、馬鹿をやっている方が楽でいい。

「柊哉の記憶力、すごいね。一言一句、間違えてない」

「記憶力には自信がある。覚えるというより、画像や映像として脳にしまっておく感じだな。いつでも再生できる」

「スマホみたいに便利だね。ずるい能力。私もそういうの欲しかった」

笑いながら羨めば、柊哉がスラックスのポケットに入れていた左手を引き抜いた。

その手はビロード張りの白い小箱を握っており、「お前にやる」と差し出す。

なぜか彼の目線は真衣ではなくステンドグラスの方に向けられ、口調はつっけんどんだ。

「この大きさ……指輪ケース？」

受け取って蓋を開けてみると、大粒のダイヤが輝くエンゲージリングと、小粒ダイヤが五個埋め込まれたマリッジリング、ふたつが並んでいた。

真衣の目が驚きに丸くなる。

「ふたつも。もらっていいの……？」

柊哉は答える前に真衣に背を向け、説教台に片手をついた。

「一応、妻だからな。指輪くらい、いくつでも買ってやる」

素っ気ない言い方をしているが、耳は赤く、どうやら照れているようだ。

（柊哉は今までモテてきたんだろうけど、指輪を贈ったのは私が初めてなのかも。余裕がないのが伝わってくる。このサプライズを仕掛けるのに緊張もしていたのかな。その気持ちが、嬉しい……）

真衣の胸に喜びがじんわりと広がり、鼓動が高まる。

乙女漫画に浸っている時よりも甘いときめきを感じて、真衣の頬も熱くなった。

「柊哉」と呼びかける声が、自然と優しくなる。

「指輪、はめてよ」

「俺が？」

「私の夫は柊哉でしょ」

「あ、ああ……」

やっと振り向いた彼は、どういう表情をしていいのかと困っているように見えた。

箱からふたつの指輪を抜き取ると、手間取りながら真衣の左手の薬指に重ねてはめてくれる。

「サイズ、ちょうどいいよ。ダイヤが輝いて綺麗。ありがとう。柊哉の分のマリッジリングはないの？　私もはめてあげたい」

「ある、けど……」

柊哉はスラックスの右ポケットに手を入れ、箱に入っていない指輪を取り出した。

シンプルなプラチナリングで、真衣とお揃いの石が内側にひとつ埋め込まれている。

「指輪交換だけ、夢が叶った。少しだけブライダル気分を味わえたよ」

真衣はクスクスと笑いながら柊哉の左手の薬指に指輪をくぐらせた。

くすぐったいような喜びの中にいる真衣に対し、柊哉はまたそっぽを向く。

「なんでこっち向かないの？　照れてるから？」

「照れてない」

「嘘だ。耳まで赤いよ。もしかして、開館セレモニーに付き合わせたのは、ここで指輪を渡そうとしていたから？　企てておいて恥ずかしがるなんて、可愛いところがあるんだね」

 つい、からかうような言い方をしてしまったのは、真衣も照れくささを感じているからだ。

喜びに弾む鼓動は静まってくれないし、頬が緩みそうになってしまう。

けれども、やられ役に徹してくれる彼ではない。

「言わせておけば、お前は……」

ムッとした顔で振り向いた柊哉が、前髪をかき上げた。

その仕草はどこか蠱惑《こわく》的で、形のいい額が露《あら》わにされると、急に男の顔つきになる。

作為的な感じもする色気のある視線を送ってきたかと思ったら、手荒に腰を引き寄せられた。

「な、なに？」

顎先まですくわれて目を丸くする真衣に、形勢逆転とばかりに柊哉がニヤリとする。

「挙式といえば、誓いのキスだろ」

「えっ⁉ 私に手を出さない約束が――」

「黙れ。夫をからかう妻が悪い」

目を閉じる間も与えられず、一瞬で唇を奪われた。

(約束破り……)

非難の言葉をぶつけられずにいるのは、もちろん口を塞がれているからであるが、真衣の気持ちにも問題がある。

このキスを、少しも嫌だと感じないのだ。

むしろ、このまま彼に身を任せ、甘い夢の世界を見せてほしいという欲求が湧き上がる。

(私はどうしてしまったの? 指輪をもらったからキスくらい許さないとって思ってるの? 違う。そんなんじゃない。私は柊哉のことが……)

心の奥に彼への恋心があるような気がして、それに気づくまいと目を閉じた。

唇を強く押しあてられていたが、真衣に抵抗する気がないのがわかると、ついばむようなキスに変わる。

それから感触を味わうかのように唇を擦り合わせて柊哉が囁く。

「口、開けろよ」

真衣の体の芯が熱く火照《ほて》り、頭がうまく回らない。

その求めに素直に応じてしまいそうになった時……柊哉のジャケットの内ポケットでスマホが震えた。

ふたりは同時に肩を揺らし、ハッとして離れる。

「で、電話に出ていいよ」

「あ、ああ……」

もしや会場からいなくなったことに気づかれ、どうしたのかと問う、主催者からの連絡かもしれない。

真衣は顔の火照りをはっきりと自覚している。

もう少しキスを続けたかったと思ってしまう心も恥ずかしく、顔を見られまいと彼から離れ、ステンドグラスに歩み寄った。

その美しさにもう感動は湧かないのに、「素敵」とため息交じりに言い、自分の気を逸らそうとする。

柊哉はスマホを取り出し、「あ」と呟いてから耳にあてた。

「もしもし、おばあちゃん」

（絹代さんだったんだ……）

思わず振り返ると、柊哉が好青年風の笑みを浮かべていた。

その顔を見て、墓地での打ち明け話を思い出す。

子供の頃から絹代には懐いているが、他の家族の手前、品行方正な振る舞いを心がけてきた、というような話を聞かされた。

つまり絹代の前では、いい子ちゃんぶる癖がついているのだ。

「ああ。真衣さんとは仲よくやっているよ。心配しないで。……もちろんだよ。おばあちゃんなら大歓迎さ。いつでも遊びに来て」

（電話なのに、ピシッと立って爽やかに微笑んでる。私の前での崩した態度と、随分違うね……）

二面性に呆れてしまうが、自分の前で好青年の顔をされるのも嫌だと思う。

前を向いた真衣は、ステンドグラスに左手をかざす。

七色の光に煌めくダイヤを見つめたら、自然と口元がほころんだ。

（私は柊哉の妻。意地悪で偉そうでも、ひねくれて口が悪くてもいい。私の前では、素顔でいてほしい……）

絹代と話す、やけに爽やかな声を聞きながら、そのように願っていた。

素直に喜べないのはもっと一緒にいたいから。離婚まであと73日

夏真っ盛りの七月下旬。

高層ビルが乱立するこの辺りは、時々ゲリラ豪雨に襲われる。

午前中の三十分ほどバケツをひっくり返したような雨が降り、昼休みに入って数分過ぎた今は、嘘のように晴れていた。

眼下のアスファルトにいくつもの水溜まりが見える。

涼しい副社長室にいながら、外の蒸し暑さを想像し、柊哉は眉間に皺を刻んだ。

（そろそろだよな……来た）

執務机の後ろのブラインドに双眼鏡を突っ込み、五分ほど前から社屋の出入口を見張っていた。

待っていたのは、真衣である。

同期の和美とふたりでランチへ出かける姿を期待していたのだが、今日は四人。

真衣に片思いしている小林亮と、もうひとり、名前はわからないが事業部の若い男も一緒だ。

彼も確か、真衣の同期である。

（ダブルデートかよ。あの男ども、僻地《へきち》に飛ばしてやりたい……）

心に渦巻くのは、明らかな嫉妬。

けれども真衣に惚れていると認めたくはない。

真衣が柊哉を好きになってくれるのなら応えてやってもいいと思うが、自分から深みにはまるのが許せないのだ。

学生の時から、柊哉は女性にすこぶるモテてきた。

自分に少しもなびかない真衣を、腹立たしく思う時もある。

真衣とのふたり暮らしに安らぎと刺激を感じ、彼女に惹かれている心に気づいていても、なぜ自分が先に惚れなければならないのかと、いい男だと評されてきたプライドが邪魔をしていた。

ひねくれ者と真衣が言うのは当たっていると、自覚はある。

（見えなくなった……。あっちの方に曲がったということは、またうどん屋か。偶然を装って、俺も食いに行くか。だがな……俺も交ぜてくれ、などとは絶対に言えない。あいつらが和気あいあいと食べる様子を見るだけなのは拷問《ごうもん》だ。俺が不愉快に思っていることは真衣に伝えられるかもしれないが、心が狭いと思われるのは困る。仕方な

い。ランチデートくらいは許してやるか……くそっ、腹立つ）

柊哉が双眼鏡を執務机に置いたら、ドアがノックされた。

啓介はいつもノックせずに入ってくるので、訪問者を予想できないまま、「どうぞ」と声をかけた。

すると、入ってきたのは女性である。

上品なワンピースに涼しげな半袖ジャケットを合わせ、高級ブランドの限定品のハンドバッグを提げている。髪は前髪を後ろに流してひとつに結わえており、その髪形が目鼻立ちのはっきりとした顔によく似合っている。

「柊哉、お久しぶりね」

そう言った彼女は、半分血の繋がった姉の響子《きょうこ》。歳は三十五で、柊哉とは五つ違いだ。白川専務の妻でもあり、まだ幼い子供がふたりいる。

柊哉は瞬時に好青年の顔を作り、姉に歩み寄った。

「姉さん、いらっしゃい。義兄《にい》さんに用事があって来たの？」

「ええ。もう用事は済ませたわ。柊哉の顔を見てから帰ろうと思って。元気そうで安心した。忙しいと聞いていたから、体調を心配していたのよ」

響子は上品な笑みを浮かべている。けれどもその目は冷えていた。

柊哉を気遣う言葉は社交辞令のようなもので、心配して電話をかけてきたことはただの一度もない。

今さら傷つくことはないがいい気分ではないと、柊哉はため息をつきたくなる。

そのような心とは裏腹に、笑みを強めて言葉を返す。

「お気遣いありがとう。姉さんこそ子育てで大変だろう。なにもしてあげられなくてごめんな。お袋はどうしてる？　変わりない？」

「ええ。最近、お稽古事を増やしたみたいで忙しそうよ。心配なら電話でもしてあげて」

「そうだね。今度、時間がある時にゆっくり……。ああ、立ち話をさせてすまない。コーヒー淹《い》れるよ。座って」

「残念だけどゆっくりできないの。娘のことで予定があるのよ。また今度、寄らせてもらうわ」

響子が出ていきドアが閉められると、柊哉は張りついたような笑みをスッと消して、大きなため息をついた。響子の清涼感ある香水の残り香に、顔をしかめる。

（姉さんは、苦手だ……）

柊哉は響子と一緒に暮らした日々を振り返る。

小学二年生で引き取られた時、あの家は実質、女所帯であった。

祖父は存命していたが病がちで入退院を繰り返しており、父は仕事か、それとも亡き実母の他にも愛人がいたのか、帰ってくるのは週に二日ほど。

シンデレラなどの童話に出てくる義理の家族のように、自分も意地悪されるのではないかと身構えていたところ、母も姉も親切で、柊哉は最初はホッとした。

けれどもなにかが違うと、すぐに気づいた。

笑顔なのに、目が笑っていない……そう感じたのだ。

母と姉は、本当は柊哉を疎《うと》ましく思っているのに、それを笑顔で隠し、家族が壊れないようにと努力していたのが、幼い柊哉にも伝わっていた。

亭主関白な父に、母が文句を言っているところは見たことがない。

父の手前、柊哉を跡取りとして立ててくれる。

姉も、柊哉に対して遠慮しているようなところがあった。

長期休暇の行楽地を選ぶ時や、ケーキの箱を開けて食べたいものを選ぶ時、柊哉の意見を優先してくれる……それに柊哉は苦痛を覚えた。

母と姉には感謝しているが、その一方で、我慢させていることの申し訳なさや居心地の悪さを常に感じ、柊哉もまた自分を偽る癖がついたのだ。

仲のいい一部の友人の前では馬鹿を言い、子供らしく無邪気でいられたけれど、家族の前ではただでさえ邪魔者なのだからと、いい子でいることを自分に義務づけてきた。

(俺たち姉弟は、このままずっと、本音を言えない関係なんだろうな……)

姉の来訪で憂鬱《ゆううつ》な気分にさせられてしまった柊哉は、執務机に座り直して仕事の続きに戻る。

昼食は、啓介に任せている。そのうちどこかで、ふたり分の弁当を買い、ここへ来るはずだ。

副社長の食事の世話をするのも、秘書の仕事のうちである。

四十分ほど静かな時間が流れたら、ノックもなくドアが開けられた。

顔を上げると、入ってきたのは弁当屋の紙袋を提げた啓介と……真衣である。

思わず、「は？」と声をあげた。

なぜふたりが一緒にいるのかと、不思議に思ったからだ。

副社長室に真衣が来るのも初めてである。

いつもの生意気な雰囲気はなく、顔を赤らめてもじもじしながら、啓介に背を押されて前へ進む。

ミーティングテーブル近くで足を止めた彼女は、柊哉をチラリと見て、恥ずかしそうに視線を外した。

（まさか……）

柊哉の中に焦りが走る。

立ち上がって駆け寄り、真衣の肩を両手で掴んだ。

「どういうことだ。婚姻期間中は恋愛しないという約束を忘れたのか？」

「え……？」

「恋愛は離婚後まで待て。いや、離婚後も啓介だけは駄目だ。これまでのような付き合いができなくなる。俺から啓介を奪うというなら、たとえお前であっても容赦しない」

真衣はキョトンとしてから、眉を寄せて訝《いぶか》しげに問う。

「柊哉と須藤さんは、そういう関係なの……？」

どうやら柊哉の言い方が悪かったせいで、男同士で恋人関係にあるのかと思わせてしまったらしい。

「違う！」と焦って否定する柊哉の斜め前では、啓介が眼鏡の奥の瞳を険しくしている。紙袋の中から五百ミリリットルの緑茶のペットボトルを一本出すと、柊哉の頭を強めに叩いた。

「いてっ」

その後には真衣にも非難の視線を向ける。

「まったく、似たもの夫婦だな。俺と柊哉はガキの頃からの腐れ縁で、給料弾むから秘書をやってくれと頼まれただけだ。俺の前だといい子ぶる必要がないから楽なんだろう。そういう点では真衣さんも同じ。こいつの面倒を見る役目を永久に譲りたい。ちなみにデスクに置かれているあの双眼鏡は、真衣さんと男がランチに出かける様子を、嫉妬を込めて覗き見するためのものだ」

「け、啓介！」

双眼鏡を持ち込んだのはお前だろうと反論したかったのだが、冷めた顔をした啓介が言わせてくれない。今度は真衣についての情報を、早口で話す。

「俺が弁当を買って戻ったら、真衣さんが秘書課の前にいた。俺を訪ねてきた理由は、お前の誕生日プレゼントの相談だ。贈るなら柊哉が喜ぶものにしたいんだと」

「須藤さん、柊哉には内緒にしてと、お願いしたじゃないですか！」

今度は真衣が焦り顔で抗議している。

「相思相愛でよかったな。あとは夫婦で話し合え」

呆れ顔の啓介は話を強制終了させると、ミーティングテーブルに柊哉の分の弁当と緑茶を置き、クールに部屋を出ていった。

ふたりきりにさせられて、柊哉の鼓動が高まる。

真衣とふたりでいるのには慣れているはずなのに、なぜだろう。

柊哉の三十回目の誕生日は、来週の土曜だ。

真衣が祝おうとしてくれたことに驚きと喜びを感じているからなのかもしれない。

正面に立つ真衣の唇が、不満がある時のアヒル口になっている。

柊哉は平静を装い、あえて淡白な口調で言う。

「これから弁当食うけど、半分やろうか？」

「私、うどん屋で食事を済ませてきたから……って、知ってるでしょ。双眼鏡で覗いてたんだから。もしかして、まだ亮が私のことを狙ってると思ってるの？」

「思ってる」

「入社時に知り合って五年以上経つんだよ。私を好きなら、とっくに告白してるでしょ。亮は好きだと言えないようなヘタレじゃないよ」

(真衣が相手じゃ、ヘタレにもなるだろ。はっきりと直球でふられそうだからな……)

思わず小林に同情してしまったが、真衣がほんの少しも男として意識していないとわかり安心した。

心に余裕ができれば、嫉妬させられたことへの仕返しがしたくなる。

柊哉はミーティングテーブルの椅子を引いて座ると、横に立つ真衣に向けて片手を差し出した。

「なに?」と言いつつ真衣が手を重ねたら、強く引いて膝の上に横向きに座らせた。

「しゅ、柊哉……」

動揺に上擦る声が、彼のサディスティックな一面を刺激する。

逃がさないよう両腕に抱きしめ、頬に口づけた。

「こ、こんなところで……。ドアに鍵をかけていないよ。須藤さんが戻ってくるかも」

「心配事はそれだけか? 俺にキスされるのは嫌がらないんだな」

「だって、ホテルのチャペルでは口にしたでしょ。頬にされた程度で焦るのは――」

「頬じゃ足りないということか? こっち向けよ。口にしてやるから」

真衣の動悸が伝わってきて、柊哉のS心が満たされる。

自分の言動にタジタジになる彼女は珍しく、可愛らしい。

公私の区別はつけなければと思い、キスの誘いは冗談で言ったのだが、本当にしたくなる。

ふっくらとした頬や綺麗な形の耳、細い首を桃色に染めた真衣に欲情がかき立てられた。

吸い寄せられるように、うなじに口をつけ、舌先で撫でてしまう。

「んっ……」

初めて聞く真衣の甘い声に真っ先に反応したのは、彼女自身であった。

慌てたように柊哉の腕を振りほどいて膝から下りると、ドアまで逃げる。

真っ赤な顔で振り向き、腰に手をあてて怒ったように言う。

「こんなところで襲うなんて、なに考えてるのよ！」

「家でならいいのか？」

期待とからかい半分で問えば、「いいわけないでしょ！」とまた怒られる。

「調子に乗らないで。ああ、もう昼休みが終わっちゃう。誕生日プレゼント、なにが欲しいのか早く言って」

午後の業務開始は十三時からで、あと三分しかない。

「別に、なんでもいい」

「なにそのやる気ない返事。もういい。無難にネクタイにするから。あれこれ悩んで損した」

真衣は自分で結論を出し、急いで副社長室を出ていった。

静けさが戻った部屋の中、柊哉はひとり笑いをする。

(腹を立てたなら、普通は買わないと言うよな。あの怒り方は照れ隠しか。可愛い奴め。〝なんでもいい〟じゃなく、〝真衣が欲しい〟と言えばよかったな。盛大に恥ずかしがる顔が拝《おが》めたかもしれない。さすがにそれは、俺も照れるが……)

啓介が用意した弁当は、重箱風のプラスチック容器に和御前とシールが貼られていた。開けると、総菜が六品と山菜おこわが入っており、肉じゃがもあった。

肉じゃがから口に入れ、低く唸《うな》る。

(この弁当、名のある仕出し屋のものだが、真衣が作ったものの方が好きだ……)

真衣がいる温かな食卓を頭に浮かべ、早く帰りたいと思う柊哉であった。


それから九日が経った木曜日。

会議室にいる柊哉は、神妙な面持ちだ。

朝の八時という早い時間に会長以下、十四人の取締役が緊急招集され、ドーナツ形のテーブルを囲んでいる。

なにが起きたのかというと、昨夜、小峰社長が自宅にて心筋梗塞《しんきんこうそく》で倒れたのだ。

家族がすぐに異変に気づいたため、救急搬送から救命処置まで素早く行われ、今は会話もできる状態にあるという。けれどもしばらくは入院し、心臓バイパス手術をしなければならず、職場復帰の見通しは立たない。

それで本人から今朝方、辞任の意向が伝えられた。

上座の席に座って、それらを説明したのは、柊哉の父である芹沢会長だ。

目や口元が柊哉と似ている。若い頃は美男子で名を馳《は》せ、還暦を過ぎればそこに渋みが加わり、今でも女性にモテる男だ。やや独善的で自信家な性格も、頼りがいがありそうに見え、昔から女の影が絶えない理由かもしれない。

小峰社長と唯一面会できたのは会長で、経緯の説明を終えると、皆の顔を見回してから続きを話す。

「小峰社長には、治療に専念してもらいたい。辞任の申し出は受理しようと考えている。次の社長には、芹沢柊哉を推薦する。今日はそれについて、皆の意見を聞かせてもらいたい」

柊哉の席は、会長の隣だ。

とはいっても、詰めれば三十脚は置けそうな広いテーブルに、たった十四人なので、隣との間隔は二メートルほどもある。

父親を見る柊哉の顔に驚きがないのは、あらかじめ電話で話を聞かされていたためだ。

社長就任については、いずれそうなるものと思い、日々研鑽《けんさん》を積んできたので、覚悟はとっくに決まっている。

ただし、予想より随分早い出世に、他の者たちがついてきてくれるだろうかという不安はあるが。

説明を聞いて驚いている他の重役たちは、全員柊哉より年上である。

柊哉の次に若いのは、義理の兄である白川専務だ。

柊哉とは逆側の、会長の隣に着席している白川専務を見れば、渋い顔をしている。

普段は朗らかで温厚な彼が、そのような顔をするのは珍しい。

年若い義弟の昇進を心配しているのか、それとも不満があるのか……。

会長が実子である柊哉を後継ぎに考えていることを、知らないはずはないと思うが、努力次第で自分がそうなれる可能性も捨てきれなかったのかもしれない。

義理とはいえ、柊哉の兄なのだから。

(不服そうだな。だが、義兄さんは会長に意見できないだろう。そういう性格だからな。他は……)

真っ先に意見を述べたのは、芹沢家の親族ではない、五十代の斎藤《さいとう》常務だ。

「私に異議はありません。今や我が社の看板商品である医療保険『健やかライフ100』は、芹沢副社長の功績が大きい。若さを気にする方もおられるかもしれませんが、若いからこそ思いきった戦略を打ち出せる、ということもあります。芹沢副社長なら、きっと日葉をさらなる高みへ導いてくれることでしょう」

最初に挙がった意見が賛成派のもので、柊哉はいくらかホッとしている。

会長は満足げに頷いており、斎藤常務に追従する形で、賛成意見ばかりが続いた。

けれども、不服そうな顔でなにも言わない者が、白川専務を含めて五人いる。

おそらく腹の内は反対なのだろうが、それを口にする気はなさそうだ。

日葉生命保険をここまで大きくしたのは会長なので、意見しにくいのだろう。

会長の意向には逆らえない空気が、会議室に漂っていた。

それを感じ取った柊哉は、複雑な心境である。

三十歳での社長就任など、父親の威光を借りなければなし得ないことであり、それに関してはありがたく利用させてもらおうと考えている。

しかしながら、悔しさは否めない。

できれば、誰も文句が言えないような実績を作り上げた上で、その座を掴み取りたかったというのが本音だが、そうなるにはあと十年はかかるだろう。

誰かに出し抜かれることがないように、なれる時になっておいた方がいいとも思っていた。

自分が社長に就任した暁《あかつき》には、ぜひ挑戦してみたい戦略も心に秘めている。

それから数分待っても反対意見は挙がらず、会長が満足げな顔で会議を締めくくる。

「小峰社長がもう少し回復したら、辞任届を出してもらう。その後に正式に取締役会を開き、芹沢柊哉の社長就任の手続きに入ろう。二週間後くらいを予定しておいてくれ。新社長の挨拶もその時でいい。今日は時間に余裕がないので、以上をもって終了とする」

立ち上がった会長は、柊哉の肩をポンと叩いてから、声をかけずに会議室を出ていった。

（父さん、機嫌がいいな。自分に反対する者がいなかったからか。それとも、やっと息子に日葉を譲れる日が来たと喜んでる？　いや、まだまだ引退する気はないだろう。父さんは、俺のことをどう思っているのか……）

柊哉が子供の頃、父親は不在がちで、今よりももっと会話は少なかった。

たまに『勉強はどうだ？』と問われ、『学年考査は一位、塾のオープン模試は全国十二位でした』と淡々と答える。それはまるで、定期的な業務報告のようであった。

満足げに父が頷き、今日のように肩や頭をポンと叩かれると、喜ぶのではなくホッとしたのを思い出す。

父の望むように育っていれば、捨てられないだろう……そのような安堵《あんど》だ。

大人になればもう、家なき子になる不安は解消されたが、父にどう評価されているのかを気にする癖は抜けない。

（社長業務をこなせる実力があるとは、思われているのだろう。意のままに動かせる駒だとも思われていそうだな。肉親の情は相変わらず薄い。あの人は、人を愛したことがあるんだろうか？　亡くなった母さんも、今のお袋も、女は泣かされて気の毒だ……）

仕事面では父を尊敬し、その背中を追わねばならないと思っている柊哉だが、プライベートで見習うべき点は見つからない。

（俺は、父さんのようにはならない……）

戒めのような、誓いのような言葉を心に呟けば、なぜか真衣の顔が浮かんだ。

チャペルで指輪をはめてやった時の、嬉しそうな笑顔だ。

そうすると、不幸な生い立ちという名の鎖が緩んだかのように、心が少し楽になる。

（お前は社長夫人になるんだぞ、と言ったら、真衣はどんな反応をするだろう。帰ってからが楽しみだな……）

他の重役たちが次々と席を立って会議室を出ていく中、柊哉に声をかけてきたのは、真っ先に賛成を表明してくれた斎藤常務だ。

「おめでとうございます」

意味ありげな顔でそう言った彼に、柊哉は苦笑して答える。

「まだ早いですよ。それに今は、小峰社長の回復を願うのが先ですので、お祝いの言葉はもう少し後にいただきます」

「そつのない返事ですな。若者らしく本音で話してくださいよ。私は副社長の味方ですから」

「ありがとうございます。斎藤常務、ここを出てから話しましょう」

柊哉が気にしたのは、義兄の白川専務だ。

彼はひとりだけ立とうとせず、机上を見つめて眉を寄せていた。

若い柊哉が社長に就任すれば、その椅子が自分に回ってくることは今後ないと悟り、おそらく悔しさの中にいるのだろう。

気の毒に思うが、申し訳ないとは思いたくない。

（俺だって、ここで生き抜くのに必死なんだ……）

貼りつけたような好青年風の笑みを浮かべ、柊哉は会議室を後にした。

翌日、柊哉の一日は目まぐるしさの中で過ぎ、あっという間に夕方になる。

今までの仕事に加え、小峰社長の代理として社長業務も本日より引き継いだので、会議三つに出席した後は膨大な量の書類に目を通していた。

今は副社長室にひとりでである。

（このファイル、俺が確認しやすいように要点がまとめられている。さすが啓介だな。あいつがいなかったら、今日は帰れないところだった……）

時刻は十八時。残業がなければ、真衣は帰り支度をしている頃だろう。

柊哉はあと三時間ほどかかると思われ、いつもより少々帰宅が遅くなる。

それを真衣に伝えようとスマホのメッセージアプリを開いたが、送信する前に、ついトーク画面を遡《さかのぼ》って見てしまう。

【21】

【りょ。ゴマかポン】

【ポ↓ゴ】

これは一昨日の、今くらいの時間にやり取りしたもので、他人が見れば意味がわからないと言われそうだ。

解説すると、『今日の帰宅は二十一時頃』だと柊哉が伝え、『了解。夕食はしゃぶしゃぶだよ。ゴマだれとポン酢どっちがいい？』と真衣が聞き、『最初はポン酢で、飽きたらゴマだれに変える』と柊哉が答えたのだ。

（読み返すと笑えるな。省略しすぎだろ。これで通じるとは、長年夫婦やってるみたいだな……）

いつでもこんなに短いわけではない。

柊哉はトーク画面をさらに戻り、先週の日曜のものを見る。そこには、女性もののハンドバッグの画像が三枚連なっている。

その日、柊哉は自分の衣類の買い物に、ひとりで出かけた。

たまに行くデパートのメンズファッション売り場は、柊哉が好んで着ている海外ブランドの直営店もあり、落ち着いた雰囲気で買い物がしやすい。

そこで何点か衣類を購入し、建物から出ようとしたら、一階の出入口近くの高級ブランド店の前で足が止まった。

真衣に似合いそうなハンドバッグを、ショーウィンドウに見つけたからだ。

土産に買っていこうと思ったが、同じデザインのものが三色あり、写真を撮って、【どれがいい？】とメッセージを送った。

すると【ハンドバッグはあるからいらない】と、なんとも欲のない返事が。

それならばと、ショーウィンドウ全体を写真に撮り、【服、帽子、靴、欲しいものを言え】と送信したが、【どれもいらない】という冷めた言葉とともに、うさぎのキャラクターが迷惑そうな顔をしているスタンプが送られてきた。

ムッとした柊哉がスマホをポケットにしまったら、また真衣からメッセージが。

【今日、KGコミック発売日なんだよね。『学園王子の沢渡《さわたり》くんは私にゾッコン～制服を脱がさないで～』の十二巻を買ってきて】

それに対し柊哉は、俺にそんな恥ずかしいタイトルの漫画本を買わせるなという思いを込めて、熊のキャラクターのこめかみに青筋が立っているスタンプを返したのだ。

あの時は腹立たしく思ったが、こうして読み返してみると、馬鹿馬鹿しいやり取りがおかしくて、肩を揺らす。

笑ったことでプレッシャーや疲労が和らぎ、休憩を取ったような心持ちになれた。

真衣に【二十一時半】と帰宅予定時刻を送信し、柊哉はスマホを置いた。

意識をパソコン画面に戻す前に、今度は紙書類を手に取る。

（そうだ。サインした下半期の事業計画書、早めに啓介に渡した方がいいよな……）

秘書課に内線電話をかけようと机上の受話器に手を伸ばしたが、思い直して立ち上がった。

（昨日今日と、啓介には随分忙しい思いをさせているからな。俺から行こう。数時間座りっぱなしで、体も動かしたい）

副社長室を出て、廊下を進む。

この階は重役の個室と、応接室、会議室、秘書課があり、他の階と違って廊下にはフロアカーペットが敷かれている。

靴音の響かない廊下を秘書課の方へ進んだ柊哉は、角を曲がろうとしてピタリと足を止めた。

数メートルほど先に真衣がいるのだ。

彼女は秘書課のドアに、耳をあてている。その顔は、微かにしかめられていた。

（盗み聞きか？　あいつはどこのスパイだよ……）

心の中でツッコミを入れた柊哉も、廊下の曲がり角に身を隠し、真衣を盗み見する。

真衣が秘書課に用があるとすれば、柊哉のことで啓介を呼び出すくらいだろう。

先週の、誕生日プレゼントの相談の時のように。

だがそれは、ネクタイということで結論が出たはずだ。他になんの相談があるのか、見当がつかない。

(俺の愚痴でも言いに来たのか？　いや、違うな。あいつは文句があれば面と向かって俺に言う、はっきりした女だ。間に啓介は挟まない。それなら、社長就任に関してだろうか……)

小峰社長が倒れたことは、株価にも影響するため、まだ公にはできないが、真衣は一応身内なので、口止めした上で昨夜、事情を話した。

彼女の反応はというと……まず小峰社長の容態を心配し、命に別状はなく会話もできると聞いて安心していた。

柊哉の社長就任に関しては、『頑張って』とそれだけである。

『もっと言葉があってもいいだろ』

『よかったね』

『まるで関心がないような言い方だな。二週間ほどしたら、お前は社長夫人だぞ。嬉しくないのか？』

『なんで私が喜ぶと思うの？　あと二カ月半で他人に戻るのに。結婚は秘密でもあるし、誰に自慢しろというのよ』

確かにその通りだと思った柊哉だが、あっさりしすぎな反応を残念にも感じた。

妙な空気になってしまったので、それきり、その話題には触れていない。

(そういえば、あの時の真衣、寂しそうな顔にも見えたよな……)

今思えば、であるが。

味気ない態度の裏にはなにか思うところがあり、柊哉には言えない気持ちを、啓介に聞いてもらおうと、真衣はここへ来たのではないだろうか。

そのような推理を組み立てた柊哉は、顔を曇らせて真衣を見つめる。

(言いたいことがあるなら、俺に直接言えよ。それが真衣だろ……)

真衣はなかなかドアをノックしようとしない。

可愛らしい顔の眉間に皺を寄せ、それが徐々に深くなる。

(なにを聞いている？　腹を立てているような顔をしているが……)

そう思ったら、真衣がキッと瞳を険しくし、ノックもせずにドアを開けて中へ入っていくのが見えた。

柊哉は速やかに秘書課前に移動し、開けっ放しのドアの横に潜む。

「真衣さん？」

まずは啓介の驚きの声がした。

気づかれないよう注意して中を覗けば、啓介と真衣、それと……姉の響子の姿があった。

他の秘書は退社したのか、それともそれぞれの担当する重役の執務室にいるのか、不在である。

啓介と響子は入口近くで立ち話をしていたようで、そこに怒り顔の真衣が割って入ったような状況だ。

非難めいた響子の視線が刺さっても、真衣は臆せずに口を開く。

「お姉さんだかなんだか知りませんけど、卑怯《ひきょう》です。汚い手を使って柊哉を陥れようとするなんて。須藤さんをお金で買収しようとするのも許せません。ただの秘書じゃない、須藤さんは柊哉の親友なんですよ！」

それを聞いて、柊哉も瞳を険しくした。

どうやら響子は多額の報酬を提示して、啓介に取引を持ちかけたようだ。社長就任を阻止するために、柊哉に業務上の失敗をさせようとでも目論《もくろ》んだのだろう。

思えば二年前、柊哉が副社長に就任した際にも、響子は面白くない様子であった。

なぜ十歳も年上の自分の夫より、柊哉の方が役職が上なのかという不満が目に表れていたように思う。

二週間後の取締役会において柊哉の社長就任が正式に決まれば、もう太刀打《たちう》ちでき

ないと焦ってやってきたようだ。

響子の企てには、おそらく白川専務は関与していないだろう。

たとえ私怨《しえん》があったとしても、長年勤めている日葉に損失を与えるような馬鹿では

ないと、これまでの仕事ぶりから柊哉は信じている。

突然現れて非難してきた女性社員に、響子は面食らったような顔をしていたが、す

ぐに上品で威圧的な笑みを取り戻す。

「どなた？　ただの社員ではないようね。柊哉の恋人かしら？」

「企画部のただの社員です。恋人ではありません」

その言葉が柊哉の胸に突き刺さる。

けれども否定はできず、傷ついている場合でもないと、一旦頭の隅に寄せた。

「私のことより」と真衣はさらに響子を責める。

「一緒に育った姉弟なら、弟がどれだけ努力して今の地位を築いたのかおわかりになるはずです。柊哉は今も変わらず、いえ、子供の頃以上に頑張っていますよ。毎日、遅くまで。あの人は頭がいい。でも努力なくしてここまで来れるわけがないでしょう」

響子の目が鋭く細められても、真衣は言い募る。

「私にはわかるんです。柊哉の必死さが。居場所を失いたくない、自分を認めてもらいたい。そういう悲しい必死さが。あなたはお姉さんでしょう？　どうして弟を蹴落とそうとするんですか！」

啓介は女性ふたりのすぐそばで静観しているだけだが、その口角は上向きだ。

真衣の言葉は、おそらく啓介も言いたかったことに違いない。

柊哉は胸打たれていた。

真衣がそこまで自分を理解してくれていたとは、嬉しい驚きである。

同時に、居場所を失いたくない、認めてもらいたいという悲しい必死さ……それを真衣の言葉で指摘され、納得させられてもいた。

（言われてみれば、そうだな。子供の頃に毎日感じていたことは、大人になってあの家を出たからといって、消えたわけじゃないんだ。だからこそ、まだ若いと反対する者がいても、俺は今すぐ社長の椅子が欲しいのか。俺自身より、真衣の方が俺をわかっているな……）

胸を揺さぶられたのは柊哉だけではなく、響子もであるようだ。

けれどもそれは柊哉とは違い、押し込めていた負の感情を解き放つ鍵となったようで、響子の口元から作り笑いがスッと消えた。雰囲気があからさまに冷たくなる。

「あなたに、なにがわかるというのよ……」

低い声でそう言うと、上品さを捨てて真衣を憎らしげに睨みつけた。

「私の方があの子の何倍も努力してきたわよ。弟だと連れてこられた日からずっと！」

苦しかった子供の頃の胸の内を、響子は怒鳴るように真衣にぶつける。

腹違いの弟を引き取ると言われたのは響子が十二歳の時で、そんな子と一緒に暮らすのは不安だと、響子は母親に訴えた。

母も気持ちは同じはず。いや、むしろ母の方が拒絶感は強いはずだと思っていた。愛人の子を育てろなどと、ひどいことを言う父に非難の思いを抱き、母に同情していたのだ。

けれども母にこう言われた。

『お父さんが決めたことに従えないなら、あなたがこの家を出ていきなさい』

それによって反対する言葉は封じられ、家族に迎えられた弟に、響子は親切にすることを強いられた。

父には跡取りを優先しろと命じられ、母には弟に優しくしなさいと注意される。

自分が東に行きたいと思っても、弟が西を選べば、響子も西へ行かねばならない理不尽さに耐えてきた。

ピアノにバレエ、華道に日舞、英会話などの習い事も、勉強も、血の滲むような努力で好成績を維持していたのに、弟の優秀さの方が際立って、褒められるのは弟ばかり。

本当の家族ではない愛人の子なのに、なぜ弟の方が大事にされるのか……。

その不満は誰にも打ち明けることができず、心を殺すような思いで生きてきたのだと、響子は悔しげにまくし立てる。

「私は長年苦しんできた。いくら努力しても、家族の評価や関心をみんな柊哉に持っていかれる。腹が立って仕方ないのよ。でもそれを決して口に出してはいけなかった。この家から出ていってと、何度言いたかったことか！」

今まで溜めてきたものを一気に放出したかのような、響子の叫び。

その後はシンと静まり返る。

柊哉は覗いていた顔を引っ込めると、廊下の壁に背を預けて、音に出さずに深いため息をついた。

(わかっていたことだ。疎ましく思われていたことは……)

ショックを受けてはいないが、申し訳なさに胸が痛む。

長年姉を苦しめてきた自分が汚れているように感じ、思わず手のひらを見る。

（これ以上、姉さんを苦しめないためには、社長就任は辞退した方がいいのだろうか。父さんに進言するか。俺にはまだ早い、先に義兄さんに社長の椅子をと……）

そのような気持ちになりかけたら、沈黙を破るようにまた真衣の声がした。

「だから、どうしたっていうんですか」

柊哉は再び中を覗く。

響子の心の叫びを聞いても真衣はまだ怒りの中にいるようで、響子との距離を半歩詰めると、はっきりと間違いを指摘する。

「自分が苦しんできたから、柊哉を蹴落としてもいいとでもいうんですか」

「それは……」

「恨みを消せとは言いませんが、後からの仕返しは卑怯者がすることです。嫌だと思ったなら、その時に言わないと。これ以上は我慢できないと、泣いてでも訴えないと。それができなかったのは、柊哉のせいじゃない。あなたが臆病だったせいです」

響子の息をのむ音が聞こえた気がした。

同情されて然るべきだと思っていたのに、健気な子供の頃の我慢さえ否定され、返す言葉を失ったようだ。

啓介は感心したような目を真衣に向けて変わらず黙し、柊哉は……目が潤むのを感じ、慌てて瞼《まぶた》を閉じた。

（真衣は、誰が相手でもはっきり言うんだな。専務の妻を怒らせて得はない。社員の立場が危うくなる恐れもある。それでも我慢できずに食ってかかるのか。俺のために。それなら俺は……負けられないな）

柊哉の口元に自然な笑みが浮かぶ。

それを消して真顔を作ると、秘書課の中に踏み込み、ドアを閉めた。

「声が大きい。廊下まで丸聞こえだ」

三人の注目を浴びる柊哉は、まずは書類を啓介に渡した。

もしかすると啓介だけは、柊哉が聞いていることに気づいていたのかもしれない。

驚きもせずに書類を受け取り、「俺は断ったよ」とクールに言う。

「わかってる。啓介を疑ったことはない」

隣に立った柊哉に真衣は驚きの目を向けており、視線が交わると恥ずかしそうに頬を赤らめた。盗み聞きなんて……と言いたげに唇を尖らせ、目を逸らす。

柊哉はクスリとし、真衣の頭を優しく二度叩いた。

それから瞳を険しくして姉を見る。

響子はバツが悪そうに瞳を揺らしているが、それでも謝罪する気はさらさらないようだ。

柊哉は努めて冷静に、やや厳しめの口調で話しかける。

「姉さんの気持ちは知っていたよ。つらい思いをさせてすまない。俺を嫌っていながら優しくしてくれたことに、昔も今も感謝している。だが、今回の件はいただけないな。俺がミスを犯せば、社の損失に繋がる。社長代理として、白川専務には厳重注意をさせてもらう」

響子は苦虫を噛み潰したように、顔をしかめている。

自分のしでかしたことで夫に迷惑をかけてしまったと悔やんでいるのか、もしくは弟への苛立ちや憎しみをさらに募らせたのか。

厳しいことを言った柊哉だが、今度はラフな口調に変えて、優しく声をかける。

「姉さん、今度ふたりで飲みに行かない？」

「え……？」

家族での食事会は年に二、三度あるけれど、姉弟だけでどこかへ出かけたことはない。

柊哉の誘いに響子は、驚いたように視線を交えた。

柊哉は初めて姉を、肉親だと感じていた。

響子の口から直接自分に対する本音を聞けたことが、よかったのだろう。受け入れざるを得なかった者、受け入れてもらった者、立場は逆でありながらも等しい苦しみを味わってきたことに親近感を覚えた。

(俺と姉さん、案外、似た性格なのかもしれないな。血は争えないということか……)

「俺も姉さんが苦手だったよ。でも今なら歩み寄れそうな気がする。嫌だと思ったならその時に言わないと、という真衣の主張はもっともだが、過去には戻れない。姉さんのつらかった気持ちを今ぶつけてほしい。これ以上こじれる前に。俺も言うよ。長年押し殺していた家族への思いを」

微笑する柊哉を、響子は戸惑いの顔で見つめている。

けれども、なにかを吹っ切ったように頷くと、少し笑って弟を揶揄する。

「私のことが苦手だなんて、私に罪悪感を抱かせないよう気遣ってくれたのね。こんな姉にも情けをかけるあなたは、相変わらずのいい子。聖人君子とは、柊哉のためにあるような言葉ね」

姉の前では常に品行方正で優秀な弟を演じてきたので、そう言われるのは仕方ない。

(本当に苦手なんだが……簡単に信じてはくれないか)

苦笑して曖昧に受け流そうとした柊哉に対し、真衣は我慢できないといった様子で口を挟んだ。

「好青年は上辺だけです。本当の柊哉は性悪ですよ」

「この子が性悪……？」

「最悪とまでは言いませんけど、悪い方です。家では私をからかって楽しむし、偉そうでわがまま。起きてから寝るまで喧嘩した日もありました。私は負けませんけど気弱な女性なら泣かされると思います」

「そう……あなた、柊哉と同棲しているの」

響子はその点のみ納得して頷いていた。ただの企画部の社員が副社長を呼び捨てにして、その姉に食ってかかるわけがないからだ。

「あ……」と呟き、気まずそうに隣を見た真衣を、柊哉は横目で睨む。

結婚に関して絹代以外の家族に打ち明けるつもりはなく、一緒に暮らしていることも知られたくはなかったが、仕方ないと嘆息し、真衣の肩を抱き寄せて紹介する。

「俺のくそ生意気なパートナーの真衣。そのうち家族にもきちんと紹介する」

「くそ生意気……柊哉はそういう言葉遣いもするのね。真衣さんが言った性悪というのも本当なのかしら」

驚いている響子だが、どこか嬉しそうにも見える。

「私にも本性を見せてほしいわ。そうすれば、今とは違う関係になれそうよ」

そう言って微笑むと、静かに秘書課を出ていった。

秘書課内には三人だけになる。啓介は自分のデスクへ行き、柊哉から渡された書類をパラパラとめくって確認している。

その背に柊哉は、「姉さんが悪かったな」と謝罪した。

「お前の家のことは知っている。家族間の確執が原因でなにか起きるかもしれないと思っていた。それも込みで引き受けた秘書だから気にするな」

「啓介……お前が俺の秘書でよかった。抱きしめていいか？」

「アホな冗談かましてると、この前のように奥さんが誤解するぞ。大金積まれようが脅されようが俺は断る気でいたが、結果として追い払ってくれたのはお前の勇ましい奥さんだ。抱きしめたいなら、真衣さんにしろ」

柊哉は斜め後ろに振り返る。

そこでは真衣が、ぶり返した羞恥《しゅうち》心の中で頬を赤らめていた。

抱きしめるという冗談についてではなく、勇ましいと言われたことを恥じているのだろう。

我慢ならず響子に食ってかかった自分を、大人げなかったと思っているのではないだろうか。

(可愛いな……)

そう思う柊哉だが、素直に口には出せない性格をしている。

「真衣、顔が赤いぞ。抱きしめられることを期待しているのか?」

つい、からかうような言い方をしてしまうのは、柊哉も照れくささを感じているからであった。

案の定というべきか、真衣が怒りだす。

「そんな期待するわけないでしょ。私、先に帰るから」

「待てよ」

ドアへと一歩踏み出した真衣の手首を、柊哉が捕えた。

「お前、用があってここへ来たんだろ?」

まさか響子の企てに気づいて阻止するために来たのではあるまい。

「それは……」

言葉を詰まらせた真衣を、「俺のことで、啓介になにか相談があったんじゃないのか?」と問い詰めれば、渋々白状した。

「話したいことが三つあって来たの。そのうちのふたつは、明日の柊哉の誕生日のこと」

「ネクタイに決めたはずだろ」

「プレゼントはね。ケーキをどうしようかと思って……」

明日は土曜なので、ささやかな誕生日会をやるつもりでいたそうだ。

ケーキをショートケーキにするかチョコレートケーキにするか、それともチーズケーキなど他の味がいいのか、柊哉の好みがわからないので親友の啓介に聞きに来たという。

もうひとつは、啓介もその誕生日会に参加してくれないかと誘うためであった。

啓介は、赤い顔で打ち明けた真衣の方は見ずに、キーボードに指を走らせながらクールに答える。

「ふたりでやってください。新婚夫婦の自宅に招かれても迷惑です。目の前でいちゃつく夫婦を見せられて、俺はどうすればいいんですか」

「いちゃついたことはありません。契約結婚ですから！」

真衣は焦って否定するも、「わかりました」と啓介を誘うのは諦めた様子。

不貞くされた顔を柊哉に戻し、「ケーキは何味？　この後、材料買って帰るから、今教えて」と本人に尋ねた。

柊哉は目を瞬かせる。

「手作り？」

「うん。作った方が安上がり」

「ケーキまで作れるのか。お前、すごいな。そうだな、ショートケーキがいい。苺がまばらにのったやつ」

「まばら？」

怪訝そうに首を傾げた真衣に、柊哉は冗談めかして答える。

「それ俺の苺だろ！というのをやってみたい」

「妹とは子供の頃にやったけど、大人になってそんな恥ずかしいことやらないよ」

柊哉は実母が健在の時はひとりっ子だったので、Sサイズの誕生日ケーキは、ほぼ丸ごと柊哉のものであった。

芹沢家に引き取られてからも、苺を取り合う相手がいないのは同じだ。

三ツ星レストランのパティシエに作らせたホールケーキは、毎年必ず三台あり、余るほどであった。

それを言わなくても、真衣には想像できたのだろう。

呆れ顔でやらないと言っていたのに、「どうしてもと言うなら、一回だけ付き合ってあげる」と意見を変えた。

柊哉は嬉しく思いつつも、残念そうに眉尻を下げた。

「ありがとう。その言葉だけで充分、祝ってもらった気分になれた。実はさ……」

柊哉は明日も仕事だ。今週中に片付けてしまいたい案件が三つと、夕方からは斎藤常務に誘われて会食の予定がある。

おそらく平日と変わらないタイムスケジュールとなり、帰宅は遅いと思われた。

「誕生日会はできないんだ。悪いな」

事情を話して謝れば、「そっか。わかった」と、無表情であっさりとした返事をされる。

落ち込んでいるのでも怒っているのでもないようだが、いつもはわかりやすい真衣の感情が読み取れず、柊哉は不安になる。

(傷ついてはいないようだが……なにを考えている？　真衣の気持ちがわからないと、どう対処していいのか。落ち着かない気分だ)

柊哉が顔を曇らせたら、パソコン画面を見つめる啓介が口を挟んだ。

「明日の会食、日曜に変更したから。今、斎藤常務から返事がきて、構わないとさ」

「は？　おい、ひと言相談してからにしろよ。斎藤常務に失礼だろ」

「それくらいの方がいい。あの人、この前の会議で真っ先に賛成の声をあげたことで、お前に恩を売る気だぞ。下手《したて》に出ては駄目だ。お前の方が立場が上だとわからせたい」

「それも、そうだな……」

柊哉の中では、自分の誕生日会より仕事が優先だ。

多くの従業員を抱える大企業の経営者として、それは当然だと考えている。

誕生日だからと気を使われたのなら、余計なことをするなと注意するところだが、仕事上のパワーバランスの問題が絡むのなら、すんなりと予定変更を受け入れられた。

「明日は十七時には帰れるだろう。今、来週のスケジュールも見直している。できるだけお前の帰宅時間をこれまで通りに――」

啓介がそう言いかけたら、真衣が遮った。

「私が須藤さんを訪ねてきたもうひとつの用事がそれです。私を気遣っての無理なスケジュール調整はやめてください」

マウスを操る手を止めた啓介が、三メートルほど離れたドア寄りに立つ、真衣の方に振り向いた。

柊哉も眉を寄せて真衣を見る。

「妻帯者向けのスケジュールとか、そういうのいりません。柊哉が働きやすいように、それだけを考えてくだされば結構です。私は所詮、契約妻ですから、夫婦の時間を作る必要はないんです」

「真衣……」

柊哉は再び真衣の手首を握った。

「なに？」と勝気な目で見上げられる。

「怒ってる？」

「怒ってないよ」

「拗ねてるのか？」

「なにに対して拗ねないといけないの？」

真衣はもともと、淡白な話し方をするタイプだが、最近は馬鹿を言い合って笑ったり怒ったり、感情豊かに自然な笑顔を見せてくれることが増えていた。

それなのに今の真衣には、同居を始めた頃に戻ったような、よそよそしさを感じる。

柊哉は真衣の目の奥を覗くようにして、問い詰めた。

「お前、なにか隠してるだろ。自分に配慮するなというのは本意じゃないな。本当はどうしたいんだ？」

図星を突かれたような顔で片足を引いた真衣だが、目を逸らしてごまかそうとする。

「別になにも隠してない。本意じゃないと決めつけないで。私なりに色々考えて結論を出したことだよ」

「その色々を、省略せずに言ってくれ」

「嫌よ」

「なに考えているのかわからない女といても気が休まらない。言え」

柊哉は真衣の手を強く引っ張り、両腕に閉じ込めた。

逃げ場をなくした真衣は、瞳を揺らしてから、仕方ないと言いたげにボソボソと打ち明ける。

「一緒に過ごす時間が減るのは、正直に言うと寂しい。でもそれを言ってはいけないでしょ。柊哉の足を引っ張りたくないもの。社長昇進を素直に喜べない自分に嫌気がさしていたの。大丈夫。すれ違いの生活に慣れる自信はあるから。そもそもあと二カ月半で離婚だし、寂しいと思うこと自体、馬鹿なんだよ……」

あっさりした性格の真衣が、寂しがっていたとは驚きである。

社長就任の話をした時、やけに素っ気ない態度であったのは、そういう理由らしい。

無理やり白状させられたことでアヒル口になっている妻を、柊哉は愛《いと》しく感じた。

「真衣……」

吐息交じりに呼びかけて、柊哉は顔を寄せる。

「ちょっ……柊哉、こんなところで駄目だよ」

両手で胸を押し返されたが、柊哉にしてみれば、さらに欲情を煽《あお》るような可愛い抵抗だ。

焦り顔の真衣の唇を奪おうと、どんどん顔を近づけるが……触れたのは柔らかな唇ではなく、クリアファイルであった。

啓介が鬼の形相で横に立ち、夫婦のキスを阻止していた。

「家まで待てないなら、自分の執務室でやれ。言っただろ。俺の前でいちゃつくなと」

「啓介、やきもちか？」

「ぶん殴るぞ。俺は忙しい。他の秘書も間もなく戻ってくる。ふたりとも、今すぐ出ていけ」

啓介に廊下まで押し出され、背後で手荒にドアが閉められた。

「ふたりとも、だって。柊哉のせいで私まで叱られたじゃない」

頬を膨らませて文句を言った真衣だが、その頬は赤いままである。

柊哉は笑って受け流し、その後は周囲を気にして声を潜めて言う。

「スマホにも送ったが、今夜の帰宅は二十一時半頃になる。お前を寂しがらせないように早く帰ってやりたくても、どうにも仕事が終わらない。急ぐ努力はするが」

「そういうの、いらないと言ってるのに」

「俺も寂しい。早く帰って真衣の手料理をゆっくり味わいたいと思っているんだ。スケジュールに関しては、できるだけ早く帰るようにする……そのくらいの緩さでいこう」

「う、うん……」

柊哉の口から寂しいという言葉が出たためか、真衣はますます顔を赤らめて、それを隠そうとするように背を向けた。

今日の彼女は髪を結い上げ、シンプルなバレッタで留めている。

ほっそりとした白い首と綺麗なうなじに、柊哉は目を奪われた。

それは欲情ではなく、不思議な既視感だ。

（なんだ、この感覚。前にもどこかで、誰かのうなじを綺麗だと思った気がする……）

気になって記憶を探るも、思い出せない。記憶力には自信があるのに、呼び起こせないということは、かなり古い出来事なのかもしれない。

頭の中の引き出しをあちこち開けている柊哉に、真衣が後ろを向いたままで言う。

「明日はケーキとオードブルを作るけど、今日はあれこれ用意しないよ。夕食は肉じゃがと常備菜ね」

「肉じゃがは嬉しい」

「じゃあ先に帰るね。残りの仕事、頑張って」

真衣はそれだけ言うと、足早にエレベーターホールへ向かい、その後ろ姿が見えなくなった。

柊哉は反対側の、副社長室へと歩き出す。

夕食が好物だと聞いて、早く仕事を終わらせて帰りたいという気持ちが強まった。

不思議な既視感について、これ以上考えている暇はなさそうだ。

思い出の少女の正体は。離婚まであと29日

九月半ばになると暑さは和らぎ、幾分過ごしやすい気候になる。

日曜の十四時過ぎ、近所でトイレットペーパーやシャンプーなど日用品の買い物をした真衣は、「ただいま」と玄関ドアを開けた。

玄関には柊哉の通勤用の高級革靴もお気に入りブランドのスニーカーもあるので、家にいるはずだが、返事はない。

仕事の電話中だろうかと、そっとリビングのドアを開けたら、テレビで野球中継が流れる中、柊哉はソファに横になって午睡していた。

真衣はソファの後ろから近づいて覗き込み、頰を緩める。

(やっと取れた休日だもの、そうなるよね。お疲れ様……)

半袖のTシャツとスウェットのズボンという部屋着で、半開きの口から気持ちよさそうな寝息が聞こえる。

子供みたいに無防備な寝顔を見ていると、愛しさが胸に込み上げた。

最近は折に触れて、彼への愛情が増しているのを感じ、困っている。

寝ぼけた顔で『おはよう』と言われた時や、疲れた顔で帰宅した時、真衣の手料理を美味しそうに食べている時や口論している時でさえ、そうなるのだ。

まずいと思い、真衣はソファから離れて胸に手をあてる。

（これは恋愛感情ではなく、母性が刺激されただけ。家族愛のようなものだから。離婚の日まであとひと月ほど。惚れないように、ここで踏みとどまらないと。すんなり別れられなくなる……）

自分に言い聞かせた後は、買ってきたものをしまい、乾燥機から出した衣類をたたんで片付けた。

掃除機をかけたかったが、柊哉の眠りを妨げたくないので後回しにし、トイレと浴室を掃除する。

それを終えてリビングに戻っても、柊哉は同じ体勢でぐっすりと眠っていた。

つけっぱなしのテレビを消そうとリモコンを捜したら、ソファとローテーブルの間に落ちていた。

真衣はそっとソファの前に回り、中腰でリモコンを拾い上げ、テレビを消した。

すると柊哉が、「んん……」と唸る。

起こしてしまったかとヒヤリとして振り向いたが、目を開ける気配はない。

夢を見ているのか、彼はフッと笑って寝言を言った。

「えりかちゃん、待って……」

（え……？）

結婚して五カ月が経ったところだが、柊哉の口から自分と姉の響子以外の女性の名を聞くのは初めてである。

予想外のショックを受けて固まった後は、ムカムカと腹が立った。

ゆっくり寝かせてあげたいと思っていたのに、その体を揺すらずにはいられない。

「柊哉、起きて」

「ん……？　おはよ。朝？」

「寝ぼけてないで、説明して。えりかちゃんって、誰？」

「えりかちゃん……？」

あくびをしてソファに身を起こした彼は、真衣の不満顔を見上げておかしそうに笑った。

「俺、寝言でその名を呼んだのか？」

「そうだよ。『えりかちゃん、待って』と言ってた。前の彼女？　それとも、今の……？」

不安に声を揺らせば、腕を引っ張られ、隣に座らされた。

柊哉はなぜか嬉しそうな顔をして、至近距離から真衣の目の奥を覗き込んでくる。

「知らなかったな。俺は嫉妬されるほど愛されていたのか」

そんな勝手なことを言ったかと思ったら、真衣の顎先に指をかけた。

蠱惑的で、どこか面白がっているような、その瞳。

彼はさらに顔を近づけると、「どんなキスが欲しい？」と甘く囁いた。

これには思わず鼓動を弾ませた真衣だが、質問をごまかされては困ると、彼の胸を突っぱねた。

「からかわないで。私はただ、婚姻中は恋人を作らないという約束を破っているんじゃないかと思っただけだよ」

「へぇ、それだけね。まぁ、そういうことにしといてやるよ」

クッと笑った柊哉は、えりかについて話しだす。

「浮気じゃないぞ。過去に付き合った女でもない。懐かしい夢を見ていたんだ。えりかちゃんというのは――」

柊哉が九歳の小学三年生の時に、祭りで出会った女の子だそう。

実母を亡くし、芹沢家に迎えられて一年半ほどが過ぎた晩夏、柊哉は母と姉と三人で東京郊外のとある神社の例大祭へ出かけた。

縁日が大規模に展開されるので、毎年母親は、娘に日本らしい夏を体験させるために連れていっていた。

柊哉が家族に加わったため、その年は初めて三人で行く祭りであった。

柊哉は正直乗り気ではなかったが、自分が行かないと言えば中止になりそうな気がして、嬉しそうな顔をしてみせたという。

夕暮れ前の明るい時間に子供神輿《みこし》を担ぎ、それから三人で屋台が立ち並んだ賑やかな通りを歩いた。

人出が多いなんてものではなく、ぶつからずに歩くのは困難なほどで、気づけば柊哉ははぐれてしまった。

財布はあっても中身は少額。タクシーは使えないし、駅までの道順もわからなかった。九歳になったばかりの彼にはまだ早いと、携帯電話も持たされていない。

最初は心細さに必死に母と姉の姿を捜したが、三十分経っても見つからないので、心に諦めが広がった。

もしかすると最初からはぐれさせることが目的で連れてこられたのかもしれない。

邪魔者の自分は捨てられたんだ……そのような気持ちになっていた。

人混みの中をあてもなくとぼとぼと歩き、柊哉は神社まで戻ってきた。

立派な社が建つのは小高い場所で、鳥居から続く参道に、石階段が二か所ある。

参道は神様の通り道なので中央を歩いてはいけないと聞いたことがあったが、端も真ん中も多くの人が腰を下ろし、屋台料理を食べて休憩していた。

その下段の端っこに、女の子が座っていた。白地に朝顔柄の浴衣を着た、柊哉よりふたつほど年下に見える子だ。

周囲に保護者の姿はないようで、ひとりで棒付きの苺飴《いちごあめ》を食べているため、柊哉は気になって声をかけた。

『ひとり？　迷子なの？』

するとクリッとした勝気な目が柊哉を見上げ、首を横に振る。

『すぐ近くのおじいちゃんの家から来たの。妹がお漏らししたから、お母さんは先に帰った』

千円を渡され、好きなものを食べたら帰っておいでと言われたそうだ。

迷子ではないと知り、柊哉がホッとしていると、女の子に痛いところを突かれた。

『お兄ちゃんもひとりだね。迷子？』

『う、うん……。親とはぐれたんだ』

年下の女の子に心配されて恥ずかしくなる。

女の子は苺飴をカリカリと噛み砕いて一気に食べてしまうと、張り切った顔で立ち上がり、柊哉の手を取った。

『私、毎年、ここに来てるの。迷子センターの場所、知ってるよ。連れていってあげる』と頼もしく歩き出す。

柊哉は女の子に手を引かれるがまま、ついていったのだが……迷子センターには辿り着けなかった。

女の子が寄り道ばかりするからだ。

ヨーヨー釣りに型抜き、くじ引きに綿飴、射的など、柊哉の財布まであてにして、自分が小遣いにもらった金額以上にちゃっかりと縁日を楽しむ女の子に、柊哉は振り回された。

しかしながらそれは、捨てられたと落ち込んでいたのも忘れるほどに楽しくて、一緒に遊んでいるうちに気づけば空には星が瞬く時間になっていた。

女の子を家に帰さないと家族が心配すると思った柊哉は、ひとりで帰れると言い張る女の子を祖父の家が見える場所まで送っていき、自分は神社へと引き返した。

その途中で、柊哉を捜し回っていた母と姉と再会し、叱られるのではなく、『はぐれさせてごめんなさい』と謝られたのだ。

捨てられたわけではなかったと安心したものの、謝罪させてしまったことを申し訳なく思い、柊哉の胸は痛んだ。

けれども帰りのタクシーの車中では思い出し笑いをしそうになった。

無邪気というか勝手気ままというか、遊び相手を得て、最終的には迷子センターのことをすっかり忘れていた、あの女の子。

柊哉も振り回されているうちに、不安を忘れて一緒に楽しんでしまった。

思えば久しぶりに、心から笑った気がしていた。

名前を聞いておけばよかったかと思ったが、二度と会うことはないだろう。

それにたぶん、名前は〝えりか〟。


そこまで話を聞いた真衣は、「勝手につけた名前なの?」と眉をひそめ、柊哉は笑って答える。

「違う。あの子がヨーヨー釣りをしている時に、見えたんだ」

女の子は高い位置で髪を結い上げており、浴衣の後襟の内側に、平仮名で名前が書かれた白い布が縫いつけてあった。姓も書かれていたと思うが、角度的に名前しか見えなかったという。

その子とはそれきり会うことはなかったが、ふと思い出した時は、心の中でえりかちゃんと呼んでいたそうだ。

「ふーん」

ヨーヨー釣りの少女を頭に思い浮かべつつ、なかなか素敵な思い出話だと真衣が思っていたら、柊哉が「あっ」となにかに気づいたような声をあげた。

「どうしたの？」

問いかけた真衣の顔をじろじろと見た彼が、「そういうことか」とひとりだけ納得している。

「だから、なんなのよ」

「ひと月半ほど前に、姉さんとお前が秘書課で対峙した時があったろ」

「うん。あれからお姉さんと飲みに行ったんでしょ？　和解できてよかったね」

「ああ、和解かどうかわからないが、お互いに溜め込んでいた感情を暴露したら、すっきりしたな。真衣には感謝してる……が、今言いたいのはそれじゃない」

秘書課から追い出された後、真衣の後ろ姿を見た柊哉は、不思議な既視感に襲われたという。

「真衣のうなじが綺麗だと思ったんだ。過去にも誰かにそう思った気がして、考えていたんだが、思い出せなかった。それが今わかった。お前、えりかちゃんに似ているな」

「え、うなじが……?」

綺麗だと褒められて悪い気はしないが、うなじにこだわる性癖があるのなら引いてしまう。

思わず真衣が首筋を両手で隠したら、柊哉が苦笑した。

「俺、変なフェチシズム持ってないから誤解すんな。うなじは思い出したきっかけにすぎない。勝気な目元や全体的な雰囲気が似ているんだ。見知らぬ年上の少年相手に、ポンポンものを言うような子だった。な、似てるだろ?」

「その子、六、七歳でしょ? そんな小さな子と比較されてもね……」

新しい家族の中で自分の居場所作りをしていた九歳の柊哉を、一時だけでも苦しみから解放し、笑顔にさせてくれた小さな女の子。

その子に似ていると言われても、喜んでいいのか悪いのかわからなかった。

「随分、はっきり覚えているんだね。もしかして柊哉の初恋?」

思い出に浸っているような顔の彼に、何気なく尋ねれば、フッと笑って返される。

「可愛いとは思ったが、あの場限りの出会いに恋もクソもない。ただ、今思えば、その後に俺がいいなと思った女の子は、みんなどこか、えりかちゃんに似ていた気もする」

「そういう子とは、交際に発展しなかったが……」とボソリと付け足してから、柊哉が話を締めくくった。

「まぁ、簡単に言うと、えりかちゃんが俺の好みの原点なのかもな」

懐かしげに細めた目を、なにも映っていないテレビに向ける彼。

物思いに耽る端整な横顔を見つめながら、真衣は照れくささを感じていた。

(自分がなに言ったかわかってる？　柊哉の好みの原点の可愛い女の子と、私が似ていると言ったんだよ。愛情があるのかと勘違いしそうになるから、無自覚にそういうこと言うのやめて……)

顔が勝手に熱を帯びるので、真衣は話題を逸らそうと立ち上がった。

ダイニングの椅子に置いていたハンドバッグからスマホを取り出し、ソファの背側に立って問いかける。

「その神社のお祭りの名前、覚えてる？」

「ああ。日吉那《ひよしな》神社の例大祭だ」

「聞いたことあるかも……検索したら出てきたよ。わ、すごい偶然。今年は一昨日から今日までの開催だって。行こうよ。えりかちゃんを捜しに」

　声を弾ませて誘ったが、肩越しに振り向いた柊哉に呆れ顔をされた。

「祭りに来ているわけないだろ。仮に来ていたとしても、何年経ったと思っているんだ。隣に立っていてもわかるわけがない。常識で考えろ」

「夢のない返事。そんなの行ってみないとわからないよ。あのね、私は……そうだ、ちょっと待っていて」

　真衣は自室に行き、本棚から漫画本を一冊取り出し、急いでリビングに戻った。

　怪訝そうにしている柊哉に、ページをめくって漫画本を見せる。

「縁日デート。乙女漫画の定番だけど必ずときめきを与えてくれるシチュエーションだよ。こういうの一度やってみたかったんだ。相手が柊哉なのは不満だけど、そこは目を瞑る」

「おい」

「苺飴とクレープとたこ焼き食べたい。スマホ見て。台湾《たいわん》ラーメンにケバブ、タイ風焼きそばだって。今の屋台は多国籍料理が楽しめるんだね。定番も珍しいのも食べたいから、今日の夕食は屋台で済まそう」

「えりかちゃんを捜す目的はどこいった。……ったく、しょうがないな。付き合ってやるか」

面倒くさそうな口調とは裏腹に、柊哉も楽しそうな顔で立ち上がり、ふたりは出かける支度を始めた。

神社近くの有料駐車場は満車であることが予想されたため、公共交通機関でやってきた。

神輿が見られる時間は過ぎていたが、縁日は大勢の人でごった返している。

何軒もの屋台が両側に並んだ道幅の広いこの通りは、普段は緑と池があるだけの大きな公園であるようだ。

早速、苺飴をふたり分買って、食べ歩く。

真衣はノースリーブの白いブラウスに薄手のカーディガン、膝丈フレアスカートという服装で、柊哉は黒いカジュアルパンツに無地のTシャツだ。

よりラフな格好の彼の方が決まって見えるのは、スタイルも顔もいいからだろう。ずるいと思いつつ、真衣は暑くなってカーディガンを脱いだ。

すると、「着ろ」と横柄に言われる。

「歩いていたら暑くなったの」

「露出が多い。ほら、今すれ違った男が、お前の腋《わき》あたりを見てた」

「腋くらい別にいいよ。チューブトップやホルターネックの服なら、私も気にするけど」

「馬鹿、腋で興奮する男もいるんだぞ。警戒心のない女だな」

不満げにそう言った柊哉が突然、真衣の肩を抱き寄せる。

恋人のようなその行為に、真衣の鼓動は跳ねた。

「柊哉、この手はなに……？」

「俺の妻をいやらしい目で見るな、という警告みたいなものだ。気にするな」

「気にするよ。一枚脱いだのに、余計に暑い……」

暑いというより、熱いと言った方がいいかもしれない。

大きな手で露出した肩や腕に触れられると、どうしても鼓動が高まり、体が熱を持つ。

それで仕方なく、「わかった。着るから」と真衣が折れたのだ。

（乙女漫画だとヒロインと一緒にドキドキを楽しめるのに、現実は難しい。意識しすぎて、普通に話せなくなる……）

カーディガンを肩掛けした真衣が、縁日を楽しむことに意識を戻して進んでいると、あることに気づいた。

（やっぱり、そうだよね……）

子供用のお面がたくさん飾られた屋台前で足を止め、考え込んだ真衣に、柊哉が迷惑そうな視線を向ける。

「お前は一体いくつだよ。いい大人がアニメキャラのお面をかぶって歩くのはやめてくれ。どうしても欲しいなら、買って帰って家でかぶれ」

「どのお面にしようか、考えていたんじゃないよ。あのね……」

着いた時から見覚えのある風景のような気がしていたが、縁日はどこも似たようなものだからと、さほど気にしていなかった。

けれども、日吉那神社と書かれたカラフルな吊り提灯《ちょうちん》や、木立と池のあるこの公園、人混みの向こうに見える社の屋根瓦に、丹塗りの鳥居を見ていると、子供の頃の記憶が呼び起こされた。

「ここ、子供の頃に毎年来てた。小学校の低学年までかな。今はもう引っ越しちゃったんだけど、おじいちゃんの前の家がすぐ近くにあったんだ」

柊哉がハッとした顔をして、真顔の真衣と見つめ合う。

数秒の沈黙の後に、柊哉が先に口を開いた。

「まさか……な」

「う、うん。まさか、そんなことはないよ。私の名前、えりかじゃないもの」

「そうだよな」

柊哉の思い出の女の子も祖父の家が近いという話であったが、それだけの共通点で真衣がその子だと思うのは浅はかだ。

なにより名前が違うので、ふたりは馬鹿な疑惑を抱いてしまったと、笑ってその話を流した。

気になる屋台に立ち寄り、たこ焼きもクレープもケバブも分け合って食べた。

柊哉の思い出をなぞるように、ヨーヨー釣りや型抜き、射的も楽しみ、広い縁日会場を二往復半してから、神社の鳥居の下に辿り着いた。

スマホで時刻を確認すると、十七時五十分。到着から二時間近く経っていた。

空は西の端にうっすらと茜《あかね》色を残し、紫がかる空には星が瞬いている。

境内へと続く石階段には、屋台料理を食べながらたくさんの人が腰かけ、休憩していた。

浴衣姿の小さな姉妹に焼きそばを食べさせている母親もいて、真衣は鳥居の太い柱の横から、その親子をぼんやりと見つめていた。

(昔のうちの家族みたい。お母さんもああやって、私と妹に食べさせてくれたよね。二十年ほど前のことだから、はっきりとは覚えていないけど。それにしても、浮かんできたこのおぼろげな記憶は一体……)

「疲れたのか？」と、柊哉に顔を覗き込まれてハッとする。

「参道に座るのはどうかと思うが、少し休憩するか。あの辺、空いてるぞ」

「ううん、大丈夫。それより、聞いてほしいことがあるんだけど……」

縁日を回ってここへ着くまでの間に思い出したことを、真衣はとつとつと説明する。

たぶん、あれは小学一年生の夏。

真衣は家族三人で、例年通り、この祭りに合わせて祖父の家に泊まりに来ていた。

子供神輿を担いで住宅街を練り歩き、初めは祖父も一緒だったが、疲れたと言って途中で帰ってしまった。

その後は母と幼い姉妹で、縁日を楽しんだ。

妹の亜由《あゆ》は、真衣と三つ違いで、当時はまだあどけない三歳児。途中で尿意を訴えたが、トイレは人気屋台並みに行列ができており、我慢できずに漏らしてしまった。

それで母に帰ると促されたけれど、まだ苺飴を食べていないと真衣が渋ったため、いくらかお小遣いを渡された気がする。

そして母は『変な人についていったら駄目だよ。食べたいもの食べたらすぐ帰っておいで』と言い残し、妹を連れて先に祖父の家に戻ったのだ。

ひとりぼっちでつまらないと思いつつ、真衣は神社の石階段に座って、苺飴を食べていた。

そうしたら、見知らぬ少年が近づいてきて、『迷子?』と声をかけられた。

遊び相手が現れて嬉しくなった真衣は、日暮れまで縁日を満喫し、帰ったら『遅すぎる。心配したんだから』と母と祖父に叱られたのだ。

そこまで聞いて驚きに目を見開いている柊哉に、真衣は慌てて付け足す。

「まだ期待しないで」

真衣が思い出したことは、柊哉の九歳の時の話とピタリと符合するが、それでも自分がその女の子だという自信がない。

「もしかすると、柊哉の話を聞いた後だから、そんなふうに思っただけかもしれない。記憶の捏造《ねつぞう》とでもいうのかな。嘘はついてないけど、私の頭が勝手に作り出した妄想かも」

真衣と柊哉が二学年離れていることや、真衣の祖父の家がこの近所にあったこと、妹がいることは間違えようのない事実であるけれど、本当に九歳の少年に声をかけられたのかは確信が持てなかった。

十二月生まれである真衣は当時、六歳の小学一年生だ。記憶はもどかしいほどにおぼろげである。

期待しないように釘を刺したためか、柊哉は落ち着こうとしているように見えた。

深呼吸してから、「お前の本名、えりかということはないよな？」と真面目な顔で確認してくる。

名前が違うというのが、この問題の大きなポイントであるからだ。

真衣は残念そうに半笑いで頷いた。

「婚姻届に書いた通り、正真正銘、私の名前は真衣だよ。やっぱり、思い出の女の子は私じゃない。従姉が恵梨香《えりか》というんだけど、私より三つ上だから違うよね。恵梨香お姉ちゃんも、このお祭りに来ていた年もあったんだけどな……」

賑わう屋台通りを振り返れば、無数に吊るされた提灯が風情ある明かりを灯している。

それを見ながら真衣が呟いたら、柊哉に肩を強く掴まれた。

「ちょっと待て」

「なに？」

「俺があの女の子をえりかちゃんと呼んでいたのは、浴衣に名前が縫いつけられていたからで、本人に聞いたわけじゃないぞ」

「うん。それがどうし……あっ！」

真衣と柊哉はハッとした顔で、声を揃えて言う。

「浴衣のお下がり」

ひとり親である母は一生懸命働いてくれたが、金銭的な余裕はなく、子供の頃は従姉のお下がりをよく着ていた。真衣の記憶にはないけれど、きっと浴衣もそうだろう。従姉の名前が書かれた布は、取り外すのを忘れていたか億劫《おっくう》だったかで、そのまま着せられたと考えることができる。

彼の思い出の女の子が自分であるという疑惑が、かなり真実味を帯びてきたが、決定的な証拠が欲しいところだ。

真衣はまだ喜ぶまいと真剣な顔をして、柊哉に問う。

「記憶力に自信があると言っていたよね。えりかちゃんの顔、はっきり覚えてる？」

「ああ。似顔絵を描けるほど鮮明に記憶している。絵心はないが」

「それなら確かめる方法があるよ。妹に電話してみる」

真衣はショルダーバッグからスマホを取り出した。

妹の亜由は二十四歳で、都内の食品会社に勤めている。母はカナダに語学留学中のため、実家に今はひとり暮らしだ。

三回コールで妹に繋がると、真衣は早口で問いかける。

「亜由、今家にいる？　お願いがあるんだ」

《家にいるよ。お姉ちゃん帰ってくるの？　トイレットペーパー残り少ないから買ってきて》

「帰る話じゃなくて、押し入れにアルバムがあったよね。それを引っ張り出して、私の子供の頃の写真をスマホで撮って送ってほしい」

《え、なんで？》

「理由は今度ゆっくり。急いでるの。できれば私が小学一年生の浴衣を着ているものがいい。たぶんアルバムの中にあると思うから。お願いね」

亜由は面倒くさそうな声を出しつつも了承してくれて、電話を切った。

期待半分……いや、八割ほども希望を抱き、妹からの送信を待つ間、真衣の胸は苦しいほどに高鳴っていた。

きっと柊哉も同じ気持ちだろう。

落ち着かない視線を、縁日や神社、夜空へと向けている。

五分ほどして真衣のスマホが鳴った。

メッセージアプリの妹とのトーク画面を開くと、【お姉ちゃんの漫画が邪魔でアルバム出すのが大変だった】という文句の下に、画像が二枚添付されていた。

一枚は浴衣を着た姉妹が並んで立ち、笑顔を見せている全身写真。

背景は祖父の家の和室で、当時は健在であった祖母の手も写り込んでいる。

きっと浴衣を着せてくれたのは祖母だったのだろう。

もう一枚は、子供神輿を担いでいる姿をアップで写したものだ。

朝顔柄の白い浴衣を着て汗を光らせている真衣は、六、七歳に見える。

柊哉が待ちきれない様子で、真衣に顔を近づけるようにして横からスマホを覗き込んだ。

見やすいよう柊哉の方へ画面を傾け、「どう？」と問いかけた真衣に、彼は無言で大きく息をつく。

それは、どういう意味のため息なのか。

「違った……？」

不安の中で隣を見つめる真衣に、柊哉は真顔で前髪をかき上げた。

もったいぶるような数秒の間を置き、直後に破顔して断言する。

「間違いない。真衣が、えりかちゃんだ」

「あ……」

真衣は言葉が出てこないほどの喜びの中にいた。

柊哉の思い出話を聞いた時、ほんの少しだけ、その女の子に嫉妬していた。

つらい時期の彼を笑顔にさせた存在が、自分だったらよかったのにと、口に出さずに思っていたのだ。

過去のことなのに、まるで夢が叶ったような不思議な嬉しさが込み上げる。

「すごいな、俺たち。運命という言葉を、強く感じている」

そう言った柊哉が、真衣を引き寄せ胸に抱いた。

逞《たくま》しい胸や腕の温もりに、真衣の頬が朱に色づく。

「柊哉、ここは人目につくから、駄目……」

恥ずかしさに身をよじったが、彼は腕を解いてはくれない。

「少しだけ。このままお礼を言わせてくれ」

鼓動が振り切れそうな真衣の耳に、聞き心地のいい声が忍び込む。

子供の頃の柊哉は気持ちが後ろ向きになりかけた時、あの楽しかった夏の思い出を引っ張り出して、心を慰めていたそうだ。

さすがに中学生にもなれば、思い出すことはほとんどなくなったそうだが、少なくとも小学生の頃までは、えりかは彼にとって大切な存在であったという。

「真衣、ありがとう。あの夏にお前に出会えたから、心が壊れずに済んだのかもしれない」

「大げさだよ。でも、そう言ってもらえると私も嬉しい……」

「俺の初恋は、お前だったんだな」

「えっ？」

出かける前の柊哉は確か、『あの場限りの出会いに恋もクソもない』と言っていた。

初恋を否定していたことを指摘すれば、体を離した彼が照れくさそうにそっぽを向いて言う。

「初恋の相手だと言ったら、お前が嫌な気分になるんじゃないかと思ったんだよ」

「私、子供にやきもちなんか焼かないよ」

（本当は少し、えりかちゃんを羨ましく思ってしまったけど……）

「妬けよ」「結局、私だったんだから妬いたら馬鹿でしょ」と言い合いを楽しんでいたら、いつの間にか夜は濃くなり、石階段に座っていた親子の姿も消えていた。

木立の隙間を抜けてきた夜風が冷たく感じられて、真衣は肩掛けしていたカーディガンに袖を通す。

「そろそろ帰る?」と問いかけたのに、別の質問を返された。

「離婚までひと月切ったな。これまでの結婚生活、どうだった?」

柊哉の口角は上がっていても笑顔には見えず、むしろ悲しげだ。

提灯の明かりが届かないので、暗い表情に見えるだけかもしれないが。

離婚について話を振られた途端に真衣の気分は急降下し、胸に切なさが迫りくる。

「思ったより、ずっと楽しかったよ……」

消え入りそうな声で答えたら、「俺も」と柊哉が微笑んだ。

「ふたり暮らしは煩《わずら》わしいものだろうと思ってた。半年の我慢だと覚悟していたのに、気づけばあっという間だ。真衣と過ごす時間は心地いい」

照れくさいのか、柊哉は真衣から視線を外し、遠くを眺めている。

その端整な横顔を見つめる真衣は、心が大きく波打つのを感じていた。

(そんなこと言われたら、今の生活をやめるのが惜しくなる……)

柊哉の初恋相手が自分であることに喜んでしまったのも、その一因かもしれない。

もっと柊哉との結婚生活を続けたい……、そう言いそうになった時、彼が急に笑った。

「女は面倒なものだと思っていたんだ。だが、お前にはそれがない。まさか、啓介みたいな女がいるとはな。生意気でも気が強くてもいい。お前はずっとそのままでいてくれよ」

（ああ……そっか。私と過ごす時間が心地いいのは、須藤さんと似てる性格だからなんだ。恋愛感情はない。そんなの、最初からわかっていたのに……）

ズキンと胸に痛みを覚えた直後に、真衣は冷静に自分の気持ちにブレーキをかけた。

（大丈夫。柊哉に惹かれている自覚はあるけど、これ以上、恋心が加速しないように踏みとどまることはできそう。気持ちを切り替えるのは、得意だから……）

真衣は冷たい夜風を避けるふりして、鳥居の太い柱の陰に入った。

しょげている顔を見られたくないと思ったからだ。

「寒いね」とごまかせば、柊哉に背中を抱きしめられた。

「くっついていれば暖かいだろ？」

「そうだけど……」

（心臓がもたないからやめて……）

動悸の高まりと闘う真衣の耳に、柊哉の吐息がかかった。

ゾクリと肌が粟立《あわだ》ち、またからかう気かと身構えたが、予想外に真面目なトーンで話される。

「お前さ……この先、どうしたい？」

「どういう意味？」

「だから、離婚が迫っているから期日を……」

離婚の日を先延ばしにしようかという相談なら、答えはノーである。

居心地がいい。それだけの関係でずるずると一緒にいてはいけない。

惹かれる心にブレーキをかけていられるうちに終わりにしないと、さらにつらい離婚となってしまいそうだ。

「契約だから。私には他に選択肢はないよ……」

胸の痛みに耐えて答えると、柊哉の腕が解かれた。

「そうだな。悪かった……」

気落ちしたような声で、珍しく素直に非を認める返事をされた。

振り向けば、バツの悪そうな顔をした柊哉と視線が交わる。

無理に作った笑みを浮かべた彼は、真衣の手を取って軽く握ると、気を取り直したような明るい声をかける。

「真衣、参拝してから帰ろう。御守りも買いたい」

「なんの御守り？」

「家内安全。あとひと月、仲よく平和に喧嘩できますように、という願掛けだ」

プッと吹き出してしまえば、切なさを心の隅に追いやることができた。

うじうじするより、楽しくひと月を過ごしたい。

仮初《かりそめ》の夫婦は手を繋いで鳥居をくぐり、参道を進む。

真衣の左手の薬指にはめられている結婚指輪を、柊哉が指先でいじっていた。

お前は一生、俺の妻。契約結婚を終える日

鰯雲《いわしぐも》が秋を感じさせる十月の朝。

オフィススーツに薄手のコートを羽織った真衣は、通勤用のショルダーバッグを手に玄関へ向かう。

ローヒールのパンプスを履いたら、ワイシャツ姿の柊哉が見送りに出てきてくれた。

今日の彼は静岡《しずおか》に日帰り出張ということで、出かける時間がいつもと異なる。

「俺の帰りは二十三時を過ぎると思う。夕食は外で済ませるから用意はいらない」

「うん、わかった。行ってきます」

ごく普通に会話して玄関ドアへと足を踏み出すと、後ろから肩を掴まれた。

どうしたのかと顔だけ振り向いた真衣に、柊哉が口の端を上げる。

「行ってきますのキスは？　してやろうか？」

いつものからかいだとわかっているのに、真衣はどうしようかと考えてしまう。

無言でじっと見つめると、不敵な笑みを崩した彼が焦りだす。

「おい、いつものように怒れよ。本気で怒らせたのかと心配になるだろ」

おかしなことを言った彼に、真衣は体ごと向き直って頬を染めた。

「怒ってないよ。してもいいかな、と考えてただけ」

「は……？」

眉を上げて素っ頓狂な声を出した柊哉の肩に、真衣は両手をかけた。

玄関と上がり口はフラットだが、身長差は頭ひとつ分ほどあり、目いっぱい背伸びをして彼の頬にキスをする。

鼓動は三割増しで速度を上げ、自分からのキスを恥ずかしいと思うけれど、したいという気持ちを止められなかった。

柊哉は放心している。

唇を離した真衣は、羞恥心をごまかそうと、いたずらめかして言う。

「口紅ついちゃった。鏡見て落としてね。そのまま出かけたら笑われるよ。それじゃ、行ってきま――」

顔の熱が引かないので、早く出ていきたいのに、腕を掴まれ腰を引き寄せられた。

急に男の顔をした柊哉が瞳を艶めかせ、甘い声で文句を言ってくる。

「お前は俺の心臓を壊す気か。勝ち逃げは許さない」

そう言ったかと思うと、一瞬で真衣の唇を奪った。

十秒ほどたっぷりと蹂躙《じゅうりん》されてから唇を離されると、真衣のグロスで艶めかしく光る彼の唇が目に入った。

ますます顔が火照り、真衣は目を合わせていられずにそっぽを向いて非難する。

「口は反則でしょ……」

「顔、真っ赤。お前って、生意気なくせに、こういうのに慣れてなさそうだよな」

「う、うるさい。出勤前に突然キスする柊哉が悪い」

「いいだろ別に。俺たちはまだ夫婦だ。今日は俺の顔が頭から離れず、仕事が手につかないだろうな。今のキスを思い出して、今日一日、せいぜい動悸と闘ってろ」

社長のくせに、社員の仕事の妨害を狙ってのキスだったのかと、真衣は呆れた。

(夫の性格が悪いのって、誰に相談すればいいんだろ……)

時間がないので非難は心の中だけにして、今度こそ「行ってきます」と家を出た。

電車に乗り、二駅先で降りて、社屋までは七分ほど歩く。

安アパート暮らしの時は三十分ほどかけてバス通勤していたので、経路が異なる。

ほんの少し秋色に染まった街路樹の葉や、開店前のブティックや飲食店。建ち並んだオフィスビルに吸い込まれていく人々を眺めて歩きつつ、この道の朝の景色を見るのは、あと一回しかないのだと感傷に浸った。

（今日は金曜日。土日を柊哉のマンションで過ごしたら、十二日の月曜がきてしまう。その日があの家で過ごす最後。離婚の日……）

寂しいと心が泣いているのはわかっている。契約は守らねばならないという生真面目さの他に、自分には恋に臆病な面があるのだと、真衣は自己分析していた。

（もし私が好きだと言ったら、柊哉はどう返すだろう。鼻で笑って馬鹿にするか、やっと俺に惚れたかと得意顔をするか、それとも……迷惑そうなため息をついて、今さら離婚を渋るのかと意思の弱さを軽蔑するのかも）

真衣はこれまでの結婚生活を振り返る。

あれは柊哉のマンションに引っ越して間もない頃のこと。シャワーを浴びて体を拭いていたら、彼が洗面脱衣室の鍵を開けて入ってきて、喧嘩になった。

真衣をからかった柊哉は、その後に、『一緒に暮らしているうちに俺に惚れるのもやめてくれ。別れたくないと駄々をこねられたら最悪だ。面倒な女は嫌いだからな』と言ったのだ。

（あの時は、あり得ないと思っていたのに、柊哉の嫌う面倒な女になりかけてる……）

柊哉の実母の墓参りの往路で、生い立ちについて話してくれた時のことも思い出した。

『真衣は俺が知ってるどの女とも違うタイプだ。お前となら、啓介と同じような関係を築けそうな気がする』

真衣が親友と同じ反応を見せてくれたと、あの時の柊哉はかなり嬉しそうだった。

（私は須藤さんに似ていて、柊哉ははっきりさっぱりした私のそういう性格を買ってくれている。一緒にいて気が楽だと言ってくれたのは、それが理由。それなのに、出ていきたくないと泣いたら、幻滅されるよね。それだけは嫌……）

最初は彼にどう思われようが少しも気にしなかったのに、いつの間にか、嫌われることを恐れるようになっていた。

これまでの人生で何度か恋をし、交際経験はふたりという真衣だが、ここまで臆病になったのは初めてで、自分でも驚いている。

本気の恋が芽生えたのを自覚しているからこそ、苦しくて、自分に嘘をつこうとする。

（大丈夫。好きだけど、まだ心にブレーキをかけられる程度の想いだから。気の迷いみたいなもので、離婚後にはやっぱり本気の恋じゃなかったとわかるはず……）

社屋を斜めに見ながら赤信号で足を止めると、「おはよ」と声をかけられ、隣に和美が並んだ。

「おはよ。同じ電車に乗ってたんだ」

「そうみたい。改札出たところで真衣がチラリと見えたんだけど、追いかけられなかった。これのせいで」

和美が指をさしたのは足元で、真新しい秋色のパンプスを履いていた。

「買ったの？　素敵だね。和美によく似合ってる」

「ありがと。でも早速、靴擦れしちゃって。数日履けば、革が柔らかくなるよね。それより――」

和美が急に顔を曇らせた。目を瞬かせている真衣に、心配そうに問う。

「肩落として歩いてたように見えたけど、なんかあった？」

「え、猫背になってた？　気をつける。別になにもないよ。落ち込んでいるわけじゃないから心配しないで」

「それならいいけど。契約切れ間近で傷心なのかと思っちゃった」

「それは……覚悟してるから大丈夫」

自分らしい強気な笑みを作ってみせたのに、和美が眉尻を下げて残念がる。

「もったいないな。少しはお互いに気があるんでしょ？　契約延長を申し出てみたら。いつかは恋になるかもしれないよ」

「なるはずがないよ。一回延長すると、また次もって、ずるずると意味のない同居を続けてしまいそう。契約満了で、気持ちよく終わりにしないと」

「潔くて真衣らしい考え方。少女漫画が好きなのに、よくあるヒロインのようにうじうじ悩まないよね」

和美の指摘に笑って頷きつつも、心の中では、そんなことはないと否定していた。

（ここ最近の私は、好きだと言ってみたらどうなるかと、もしものことばかり考えている。結局は、離婚は免れないという結論に落ち着くけれど……）

信号が青に変わって歩き出したら、また「おはよ」と声をかける人が現れた。

紺色のスーツ姿で中肉中背、スポーツをしていそうな短い髪に、人懐っこい笑みを浮かべた彼は、小林亮。

真衣を真ん中に三人並んで歩きながら、今朝はやけにやる気に満ちた笑顔を見せる亮が声を弾ませる。

「真衣、なんかいいことあったのか？　顔が明るいな」

「え……そう見える？」

「おう。仕事前なのに楽しそうな顔してる」

（なんで？　落ち込んでるとは思われたくないけど、和美には見破られそうになった

のに）

真衣は不思議に思って亮を見つめ、和美が呆れ声で指摘を入れた。

「いいことあったのは、亮の方なんじゃないの？　亮の場合、自分が絶好調の時には、相手もそうだと思いがちだよね」

なるほどと納得しつつ、真衣は「絶好調なの？」と笑顔の亮に問いかけた。

「そうなんだよ。真衣、聞いて。今週は契約バンバン取れてさ。自分でも驚いてる。部長には、昇進試験受けられるようにしてやるって言われたし、まさしく絶好調」

「すごいね。亮は頑張ってると思うよ。成果が出てよかったね」

「サンキュ。真衣に褒められると照れるな。なぁ、土日のどっちか飲みに行かない？　ふたりで」

「なんでふたり？　行くならいつもの四人で行こうよ」

この三人の他に事業部の同期の男性社員、山田《やまだ》もランチや飲み会をするいつものメンバーだ。

不思議に思う真衣に答えたのは、亮ではなく和美である。

「私、今週末は予定あるんだ。亮にはこの前言っておいたの。山田もだって」

「ふーん。土日って明日か明後日だよね。私は予定ないけど、ごめん。家にいたい気

「できれば今週末。絶好調の時だから、今ならいける気がするんだ。真衣に聞いてもらいたい話がある。来週に引き延ばしたら、運気が下がりそうな気がしてさ」

亮は運気を気にするようなタイプだったかと疑問に思い、なにか重大な相談事でもあるのかと、それも気になった。

社屋に着くと、エレベーターホールの混雑が目についたため、三人は階段に向かう。

「おはようございます」と周囲の社員と挨拶を交わしつつ、一列になって階段を上り、前を進む亮に真衣が返事をする。

「ごめん。明日明後日はやっぱり行けないよ。今日の帰りは？　一杯くらいなら付き合える」

離婚前の最後の土日は、柊哉とできるだけ一緒にいたいと思っている。

今日は柊哉の帰宅が遅く、夕食もいらないと言われているので、妥協策として退社後を提案してみた。

すると亮は嬉しそうに了承する。

「それでいいよ。約束な。俺、残業しないよう頑張るから。じゃあな」

彼が階段を駆け上がって先に行ってしまうと、後ろでボソボソと呟く和美の声がし

分。来週じゃ駄目？」

た。

「あーあ。無理だと教えてあげたのに。まぁ、玉砕した方が引きずらなくて、あいつのためにはいいのかな……」

「和美、なにか言った？」

よく聞こえなかったので、後ろをチラリと見て尋ねたら、和美が横に並んで首を横に振った。

「独り言だから気にしないで。私、今日の帰りも予定あるから付き合えないよ。亮とふたりで行ってね」

「和美、最近忙しそうだね。プライベートが充実しているんだ。いいね」

「真衣ほどじゃないよ」

階段から、企画部のある三階のフロアへと足を進める。

亮の相談も気になるが、それよりも今朝のキスや三日後の離婚が頭から離れず、心が落ち着かない。

心情的には鰯雲を眺めながらゆっくり悩みたいところだが、給料をもらっている身なので、ここからは仕事のみに意識を向けなければと、真衣は自分を戒めた。

開発チームのミーティングに、他社商品の分析研究と、資料作り。営業部のようなわかりやすい成果を感じられない企画部の業務を淡々とこなし、真衣は定時で退社した。

約束通り、亮とふたりで駅前のイタリアン居酒屋でカクテルを一杯だけ飲んで食事をし、そして二十二時過ぎの今、やっと家に帰ってきたところである。

柊哉の帰宅はまだこれからで、真衣は誰もいない廊下で大きなため息をついた。

（まさか亮に告白されるなんて……。疲れた。ひとまずシャワーを浴びよう）

広い浴室で温かな湯を浴びつつ、先ほどのやり取りを思い返す。

ピザとパスタとサラダを分け合い、亮は赤ワイン、真衣はモスコミュールを飲んだ。やけにそわそわと落ち着かない亮に、どうしたのかと尋ねたら、急に真面目な顔をして『俺と付き合ってほしい』と言われたのだ。

亮と出会ったのは会社の入社式で、二十二歳の時のこと。

新入社員はすぐに部署には配属されず合同研修を受けねばならないのだが、これが精神的に追い込まれるような、なかなかハードなものであった。

新入社員全員が憂鬱な顔で過ごしていたけれど、亮は明るく元気で、周囲を楽しませようとしていたように思う。

そんな亮に真衣も助けられ、あの頃のことは今でも感謝している。

あれから五年半。真衣を好きになったのは自然に……という話であったが、片思いの期間は三年ほどと聞いて、真衣は己の鈍感さに愕然《がくぜん》とした。

振り返ってみれば、自分との接触の機会をなんとか増やそうとしていた彼の努力に、次々と思い当たった。

（三年の片思いは長いよ。もっと早く言ってほしかった……）

そう思うのは、結婚する前なら亮の申し出を受け入れたからではない。

早めに断ることで、苦しい片思いの期間を短くしてあげられたのに……と思うからである。

真衣にとって亮は同期で友人だ。それは入社時も今も、今後も変わらないと断言できる。

それを正直に亮に伝えたら、がっくりと肩を落としていたが、店を出た時には『今後も友達としてよろしく』と笑顔を見せてくれたのが救いだ。

ただ、どこか嘘くさい笑みだったのが、気になるところだけど……。

（これまで通り、亮に接していいのかな。それともランチや飲み会を断った方が、亮のためになるだろうか。七千冊の乙女漫画を読んできたのに、正解がわからない……）

シャワーを浴びて幾分すっきりとし、髪も乾かし終えた。

腹部にポケットがあるパーカータイプのルームウェアを着た真衣は、廊下に出る。

家の中は変わらずシンと静まり返り、柊哉がまだ帰宅していないことを寂しく思った。

（二十三時過ぎると言っていたもの。あと三十分くらいかな。早く会いたい……）

小さなため息を漏らし、リビングに入ると、ダイニングの椅子に置いていたショルダーバッグの中でスマホが鳴った。

それはメッセージアプリの通知音で、柊哉からではないかと、真衣は口角を上げてスマホを取り出した。

けれども彼ではなく、亮からのメッセージであった。

再びため息をつきたい気分に戻された真衣は、ソファに座ってトーク画面を開く。

【やっぱ諦めきれない。チャンスが欲しい】

絵文字もスタンプもない真剣さの伝わる文面に、真衣は考え込む。

（諦めきれないと言われても困る。どう話せば、亮の熱を冷ませるだろう……）

まだ返事をしていないのに、亮が次のメッセージを送ってくる。

【今年中に契約百件取ったら付き合って】

【仕事は応援するけど、それはできない】

【もしかして、彼氏いるのか？】

いると返せばそれで諦めてくれるのかもしれないが、柊哉は彼氏ではなく夫で、三日後には他人になる人。

嘘はつけず、いないと答えてから、【でも好きな人はいる】と付け足した。

（好きな人……。だけど柊哉に本気の恋をしないよう耐えている状況だから、これも嘘に入るのかな……）

亮はショックを受けたのか、返事が止まった。

【ごめんね】と送信してトーク画面を閉じた直後に通知音が鳴る。

【そいつより俺の方が真衣を幸せにできる。最初はお試しでもいい。絶対に俺のこと好きにさせるから、頼む】

（しつこいって言いたくなってきた。でも友達だから傷つけたくないし、三年も片思いに気づいてあげられなかったことには罪悪感を覚える。どうしよう……）

返事に困っていたら、玄関から物音がした。

柊哉が帰ってきたようだ。

真衣は慌ててスマホをマナーモードにし、ルームウェアのポケットに押し込む。

立ち上がって迎えに出ようとしたが、先に柊哉がリビングのドアを開けて入ってきた。

「ただいま」

「お帰り。お疲れ様」

向かい合って微笑みを交わしたら、大きな紙袋を渡された。

「静岡土産」

「あ、うなぎパイ。これ美味しいよね。ありがとう。他にお菓子の箱が五つとお茶にマーマレードに、もつカレー？　こんなに持ち帰るの大変だったでしょ」

帰路の苦労をねぎらえば、重そうな黒革の手提げ鞄を床に置いた柊哉がニッと笑った。

「今日一日、落ち着かない気分にさせたお詫《わ》びだ」

柊哉としては真衣に思い当たる節があるだろうと踏んで言ったようだが、真衣はなんのことかと首を傾げる。

「落ち着かないって？」と問えば、愕然とした顔をされた。

「今朝のキス、もう忘れたのか……」

「あ、ごめん！　忘れてたというか、他に優先して考えなくてはならないことができたから。それに気を取られてたんだよ」

柊哉が不満げな息をついたら、真衣のルームウェアのポケットでスマホが震えた。

メッセージの通知ではなく電話のようで、バイブ音が響き続ける。

(きっと亮だ……)

真衣が返信しないことに焦って電話をかけてきたのだと推測された。

ポケットに柊哉の視線が向いて、ヒヤリとする。

「電話か？」

「う、うん。友達だと思う。部屋で電話してくるね」

お土産をダイニングテーブルに置いた真衣は、小走りに廊下に出て自分の部屋へ。

ベッドの中央に横座りし、画面に表示されている小林亮の文字にため息をついてから、電話に出た。

開口一番、《怒った？》と聞かれて否定する。

「怒ってないよ。返事に困っていただけ。ねぇ亮、この話は来週にして――」

《真衣、頼むって。お試しでいいから》

「ごめん、無理なの。亮のことは友達としか思えない。これがきっかけで避けたりしないよ。亮が嫌じゃないなら、今後も友達として仲よくするから」

《じゃあ、友達として、ふたりで食事や映画に出かけるのはアリ？》

（それって、ほぼデートでしょう……）

こんなにしつこい人だったかと、真衣は戸惑っていた。

もしかすると五年の営業経験が、亮を諦めの悪い男にさせてしまったのかもしれない。営業マンとしての食い下がりや駆け引きを、ここで発揮されては困ると、真衣の顔は曇る。

「亮の気持ちを聞く前なら、ふたりで出かけるのもアリだったけど、今はナシ。亮はデートのつもりで臨むでしょ？　私はそんな気ないのに迫られたりしたら困るもの」

つい厳しめに断ってしまい、亮の心の傷を心配したが、交渉はなおも続く。

《ワンチャンス。一回だけデートしてくれ。頑張って真衣を楽しませるから》

「頑張られると困るの。私、好きな人がいるって言ってるのに……えっ⁉」

手からスマホを抜き取られて驚いた。

振り向けば柊哉が、険しい顔をして立っている。

真衣は慌ててベッドに膝立ちしてスマホを取り返そうとしたが、片手で手首を握られて阻止され、柊哉が電話に出てしまう。

「営業部の小林か。しつこいぞ。お前はふられたんだ。諦めろ」

亮の声は聞こえないが、おそらく誰だと聞いたのだろう。

柊哉が怒りをこらえているような低い声で答える。

「真衣の夫だ。俺の妻にちょっかいを出すな」

亮の驚きの声が微かにスマホから漏れ聞こえたら、柊哉が電話を切って電源も落とした。

ベッドに放り投げるように返されて、真衣は唖然《あぜん》として彼を見上げる。

「結婚を公にしないという約束は？　亮は友達なのに、これから私はどうやって付き合っていけばいいのよ」

「付き合わなければいいだろ。小林の想いに応えられないんだからな。お前、好きな男がいると言ったな。そいつのことだけ考えてろ」

「立ち聞きしてたのね。ひどい。あれは断るための口実で……キャア！」

肩を手荒に掴まれ、仰向けに押し倒された。

馬乗りになる彼に、手首をベッドに押さえつけられる。

真上から睨むように見下ろされて、真衣は息をのんだ。

「柊哉……」

まさか襲われるとは思わず、呼びかけた声が震えた。

燃えるような攻撃的な色を灯す、その瞳。

からかいやふざけているような雰囲気は微塵もなく、これまで見たことがないほど真剣な表情をしている。

男性に力で制圧されるのは、女性にとって恐怖であろう。

けれども真衣は今、少しも怖くない。

ただ驚きの波が引かず、上擦るように「やめて……」と呟いた。

首も横に振って拒否を示すと、柊哉の眉間に悔しげな皺が刻まれる。

真衣の手首に加わる力が強まった。

「言えよ。俺を好きだと。そうしたらやめてやる」

(なんで、そんなこと……)

その言葉が嫉妬からのものであるとすぐに気づいたが、真衣が期待する意味とは違いそうだ。

他の男が、自分の所有物に手を出しそうになったことに対し怒っているのだろうと、真衣は推測した。

柊哉はゆっくりと、顔を近づけてくる。

その瞳はなおも怒りに満ちており、瞳を覆う薄い涙の膜が蠱惑的に光って見えた。

手首から彼の手が外れたので、真衣は逞しい胸を両手で押して抵抗を試みる。

けれども、やはり力で敵うはずもなく、唇の距離はわずか五センチまで迫っていた。

(愛もないのに、なにをしようというの……?)

悔しさや悲しみ、虚しさが真衣の胸に渦巻く。

柊哉を愛しく思う気持ちより、今はそれらが勝り、真衣の瞳を冷えさせた。

プライドからの嫉妬心だけで抱こうというのなら、遠慮なくそれを折らせてもらう。

「強制的に好きだと言わせて、それで柊哉が満足なら言ってあげる」

負けまいとして冷たく言い放てば、柊哉が動きを止めた。

苦しげに顔をしかめた彼は、真衣の唇にため息だけを落とし、上体を起こす。

その瞳からは攻撃的な色は消え去り、男性にしては長めの睫毛《まつげ》が暗い影を落としていた。

真衣の上から重みも消え、柊哉が床に下り立つ。

「なんだ……。好きな男って、俺じゃないのか……」

独り言のような呟きを残して彼が部屋を出ていくと、続いて向かいの洗面脱衣室のドアが開けられた音がした。

真衣は緊張が解けてホッと息をつきつつも、ナイフで刺されたような胸の痛みに苦しんでいる。

(落ち込んでいるようだったけど……そんなに好きだと言ってもらいたかったの？　柊哉の気持ちがわからない。もし、私を手放したくないと思っているのなら、離婚をやめると言ってよ。言わないのなら、所詮その程度だと思って諦めるしかないじゃない……)

離婚まであと三日。

両腕で顔を覆った真衣は、離れがたい想いと闘っていた。

月曜は真衣の心を映したかのような土砂降りの雨。

今日で契約結婚は終了だ。

会社から帰宅後に離婚届にサインをし、役所の時間外窓口へふたりで届けに行こうと昨日話した。その足で真衣はアパートに帰り、衣類や漫画本などは後日、柊哉に宅配便で送ってもらうことにした。

今は十二時三十分。

大雨の日に外でランチはしたくないので、社内販売にやってくる仕出し屋のサンドイッチを買い、部署内のミーティングテーブルに和美と隣り合って座っている。

周囲がパーティションで囲われているとはいえ、聞かれては困る話をしているため、声を落とす。

「週末はごめん。和美にたくさん迷惑かけちゃった」

なににについて謝っているのかというと、亮のことだ。

金曜の夜、柊哉にスマホの電源を落とされ、土日もそのままにしていた。なるべく柊哉と穏やかに過ごしたい。喧嘩別れはしたくない……そのような思いでいたため、亮からの着信で柊哉を不機嫌にさせたくなかったのだ。

そうしたら亮は、和美に電話したという。

和美の話によると、柊哉が夫だと名乗ったことを信じてはいないようだが、ひとり暮らしの真衣が夜中に男と一緒にいるのはどういうわけかと、取り乱していたらしい。

和美は仕出し屋の幕の内弁当を食べている。残念ながら口に合わなかったようで、魚のフライをひと口かじって、「油っこい」と置いてしまった。

そして顔をしかめたまま、亮について話す。

「彼氏がいないというのは嘘なのかと聞かれて私も困ったけど、真衣も恋愛を頑張っている最中だからと言ったら、一応納得してた。土日もたっぷり話を聞いてあげたし、少しは落ち着いたんじゃないかな」

「ありがとう。でもその説明、間違ってるよ」

「どのへんが？　芹沢社長のこと好きなんでしょ。意地を張らずに素直になりなよ」

「離婚届を今日の夜、一緒に出しに行くのに？」

和美は少し黙ってから、「もったいない」と残そうとしていた魚のフライを食べている。

きっとフライについて言ったのだと思うけど、真衣は自分のことを言われた気がしてうつむいた。

サンドイッチを買ったものの、食べる気になれず、パッケージも開けていない。

頭の中は柊哉のことでいっぱいで、今夜他人に戻るのだと思えば苦しくて仕方なかった。

（柊哉は今頃、社長室で須藤さんとお昼を食べているのかな。話題は仕事のこと？　それとも、私のこと……？）

金曜の夜の荒っぽさが嘘のように、土日の柊哉は優しく機嫌がよかった。

ふたりで海岸線をドライブし、日用品の買い物をして料理まで一緒にした。

『やってみると料理は楽しいな。これからはなるべく自炊するか』と彼は笑って言った。

起きてから真衣がベッドに入るまでそばにいた柊哉だが、夜中は彼の寝室からパソコンのキータッチの音が微かに聞こえたので、仕事をしていたのだと思う。

忙しいと言ってくれたら、自分に構わずに仕事をしなよ、と真衣は話したことだろう。

彼の時間をふたりのために使ってしまったと申し訳なく思ったが、それは柊哉が望んだことであったのかもしれない。

（柊哉もきっと寂しいと思っている。それでも離婚をやめようと言わないのは、私を愛せる自信がないからじゃないかな。愛のない夫婦を続けることに意味はない。寂しさなんて、もとの生活に戻ってしばらくすれば消えてなくなるはず。人間は慣れる生物だから……）

真衣が着ているベージュのジャケットと膝丈タイトスカートのオフィススーツは、柊哉に買ってもらったものだ。

自分にはもったいない高級品で、初めは安物の方が皺や型崩れを気にしなくて済むのにと不満に思っていた。

けれども着続けているうちにしっくりと馴染んで、今ではお気に入りの一着となった。

そのポケットにそっと手を入れると、冷たい金属の質感が指先に伝わる。

真衣の場合、結婚指輪は社内ではめるわけにいかないので、こうして持ち歩いている。

これも明日からは箱の中にしまい、家に置いてこなければ。

(悩むのに疲れた。もういい。私は大丈夫。できる限り気持ちよく別れることのみ努力しよう。さっぱりすっきり。うじうじしていたら柊哉に嫌われる……)

昼休みの終了まであと十分。

真衣はやっとサンドイッチの包みを開けて、食べ始めた。

午後の仕事が終わり、退社時間になると、柊哉からメッセージが入った。

【十九時半に帰る】

いつもよりかなり早い帰宅は、もちろん離婚の手続きをしなければならないからだ。

胸にズキッとした痛みを覚えつつも、真衣はうさぎが笑顔で親指を立てているスタンプを返した。

腕やストッキングが雨に濡れるのにも構わず、小走りで帰宅したら、すぐに夕食の支度に取りかかる。

最後のメニューは前々から決めている。柊哉の好物の肉じゃがだ。五人分ほども作ったのは、冷蔵庫に入れておけば、数日間は食べられると思ってのことだ。

他にも日持ちしそうな総菜《そうざい》をあれこれ作り、密閉保存容器に入れておいた。

食事をダイニングテーブルに並べる。

肉じゃがと、しめじと油揚げの炒め物、いんげんの胡麻《ごま》和えなどのおかずが五品。ご飯と味噌汁は柊哉が帰ってから、よそおうと思う。

テーブルを見て、最後の晩餐《ばんさん》に相応《ふさわ》しくない庶民的なメニューだと思ったが、特別感のないこういう料理の方が柊哉の口に合うと知っている。

帰宅してからハイスピードで十品もの料理を拵《こしら》えたので、真衣の額には汗が浮かび、それをティッシュで拭いた。

その時、柊哉が帰宅した音が聞こえた。

約束通り、十九時半である。

玄関まで小走りで出迎えれば、「ただいま」と言った彼がクスリとした。

「なに慌ててるんだよ」

「そう、だよね。走る必要なかったかも」

真衣は照れ笑いし、柊哉の手から通勤鞄を受け取った。

「なんだよ。今日は随分と妻らしいな」

「最後くらいはね」

「そうか……」

真衣の頭にポンと手を置いた彼は、好青年風に微笑んでみせ、手を洗いに行ってしまった。

(柊哉の笑顔、無理しているようだった。私は自然に笑えてる……?)

ダイニングテーブルを見た彼は、「うまそう」と喜んでくれた。

その笑みは自然に感じられ、真衣はホッとする。

「私もまだなの。一緒に食べよう」

「ああ」

向かい合って座ったふたりはゆっくりと食事をしつつ、半年前の契約結婚に至る出来事を振り返る。

「まさか、本性を知られて口止めした女が、見合いの席にいるとはな。あの時は焦った」

「私もだよ。性悪な上司と結婚なんて、仕事もプライベートも終わったと思った」

「お互い結婚する気はさらさらなかったのに、なんでこうなったんだ」

「おじいちゃんと絹代さんのせい。というより絹代さんの頼みを断れない柊哉のせい。そういえば、最近おじいちゃんと連絡とってないな。元気にしているかな……」

この半年間、祖父とはご無沙汰だ。

結婚生活はどうだと聞かれそうなので電話をしなかったのだが、八十過ぎの独り身の祖父の体調が急に心配になり、「電話してみる」と真衣は腰を浮かせた。

すると「元気にしているぞ」と柊哉に言われた。

「おじいちゃんに会ったの？」

「いや。おばあちゃんから電話で聞いた。この前ふたりで熱海《あたみ》に旅行したそうだ」

「なにそれ、おじいちゃんから聞いてない！」

「まぁいいだろ。恋人や妻と仲良くやっている話を男がするのは恥ずかしいものだ」

真衣は浮かせた腰を椅子に戻し、箸を持ち直す。

「柊哉は私の話を須藤さんにしないの？」と何気なく問いかければ、彼の眉間に皺が寄り、頬がうっすらと色づくのがわかった。

「教えない」

（その返答、話してるってことじゃない。どうせ生意気で可愛げないとかの愚痴でしょ。なんで恥ずかしそうにしてるの……?)

「食べる気がしなくて昼食を抜いた」と言った柊哉が肉じゃがのお代わりを希望し、真衣はすぐに用意する。

幸せそうに頬張る彼を、真衣も同じ心持ちで見ながら、次に話したのは五月の墓参りのことだ。

「嬉しかったよ。柊哉の亡くなったお母さんに紹介してもらえて。あの時かな。柊哉の妻なんだと心から実感できたのは」

「そうか。俺はあの時……お前のこと試してた」

「試す?」

「墓参りに誘ったのは、生い立ちを話すことが目的だった。俺のことを、どこまでわかってもらえるだろうと、緊張しながら真衣の反応を窺っていた」

単に実母に妻を紹介したいというだけではない、真の狙いを今聞かされて、真衣は目を瞬かせる。

「それで結果は?」

いんげんの胡麻和えに伸ばした箸を止めて問うと、口の端を緩やかにつり上げた彼がフッと笑った。

「あの時に言っただろ。お前は啓介と同じ反応を見せてくれたと。俺の理解者がひとり増えたと感じた。震えるほどに嬉しかったな」

（よかった……）

妻審査に合格していたと知り、真衣の胸に安堵と喜びが広がる。

けれども今日で離婚すると思えば、それもむなしさに変わった。

「駐車場の脇にりんごの花が咲いていたの、覚えてる？　今は実がなっているのかな」

「なっているんじゃないか。赤く色づき始めた頃だろ」

「誰が収穫するんだろう」

「墓地のりんごを欲しがる者がいるのか。誰も取らずに落ちておしまいかもな」

せっかく実ったのにそんなの寂しいと、真衣の胸が痛んだ。

りんごにまで哀愁を感じてしまうのは、今日という日であるからに違いなかった。

いつもはさっさと済ませる夕食を、ゆっくりと一時間もかけて食べていた。

この時間が永遠に続いてほしいと願っても、お腹は膨れ、皿も茶碗も空になる。

真衣は意識して笑顔をキープしながら立ち上がり、食器を流し台に下げた。

洗おうとスポンジを手に取ったら、隣に来た柊哉に「やらなくていい」と言われた。

「時間がない。食器は後で俺が片付ける。やるべきことをやってしまおう」

「うん……」

（柊哉はとっくに覚悟が決まっているんだ。そうだよね。引き延ばしたって意味がない。わかってる……）

食器を下げた後のダイニングテーブルに置かれたのは、ダウンロードした離婚届の用紙と印鑑とペン。

柊哉が用意したもので、証人欄には見知らぬ男女のサインがされていた。

聞けば啓介にサインを断られ、仕方なく証人代行業者なるものに依頼したそうだ。

先ほどまで会話を弾ませていた席に、真衣は無言で座り直し、柊哉と向かい合う。

胸の痛みはピークを迎えようとしていたが、笑みを崩すまいと必死に耐えていた。

柊哉が先に記入する。

ペン先を紙に向けた彼は一度目を閉じ、息を吐く。

そして目を開けると、一気にサラサラと無感情に書き上げて印鑑も押した。

柊哉が記入した用紙を渡された真衣は、ペンを握ったものの書くのを躊躇《ちゅうちょ》してしまう。

（婚姻届の際にも、本当に書いていいのかと迷ったよね。今はそれ以上に書きたくない。どうしよう……）

「どうした？」

テーブル上で手を組み合わせている真顔の柊哉に問われ、真衣はハッとした。

「ううん、なんでもない。すぐ書く」

（ここでごねてどうなるというのよ。最後は気持ちよく。せめて、さっぱりしたいい女だったという印象を、柊哉の記憶に残したい……）

真衣も記入と押印を終え、用紙を柊哉に戻せば、彼は無表情で確認して頷いた。

代わりに領収書サイズの紙を渡される。

よく見ればそれは領収書ではなく、小切手だ。

「約束の慰謝料一千万円」

「あ……いらないよ。その条件、忘れてた」

「そういうわけにいかない。受け取ってもらえないと俺がすっきりできない」

「わかった……」

一千万円があれば乙女漫画の蔵書をもっと増やせると思い、お金につられて結婚したが、今となれば半年間の大切なふたりの思い出に値段をつけられたようで、少しも嬉しくない。もらっても、きっと換金することはないだろう。

そう思いながら真衣は受け取り、うつむいた。

柊哉が席を立って問いかける。

「すぐ出られるか？　荷物は？」

「昨日のうちに段ボール箱に詰めた。今日持って出るものはボストンバッグに入れてある」

「じゃあ、出発するか。もう二十一時だ」

柊哉はスーツのジャケットを着て、真衣は薄手のコートを羽織る。

借りていた部屋からボストンバッグを出してきて、通勤用のバッグとふたつを両肩にかけると、柊哉が奪うようにそれらを片手で持ってくれた。

彼のもう一方の手にあるのは、離婚届を入れたクリアファイルと車のキー。

玄関へと足早に進む彼の背中に、真衣は黙ってついていく。

（提出まであっという間に終わりそう。苦しい時や悲しい時、柊哉はこうして感情を抑えて淡々とやるべきことをこなしてきたのかな。子供の頃から）

今もそういう心境なのだろうかと考えたが、思い上がりだと自分を非難した。

（案外、せいせいしているのかも。気兼ねないひとり暮らしにやっと戻れると、ホッとしているのかも……）

柊哉が先に玄関を出ていき、真衣は振り向いてこの家に別れを告げる。

「二度と味わえないセレブな住環境。半年間、お世話になりました」

マンションの通路に出て、エレベーターで地下駐車場へ。

柊哉の二台並んだ高級車の白い方に乗り込むまで、無言が続いていた。

「真衣、シートベルト」

「あ、ごめん。忘れるところだった」

心はまだ離婚の苦しみの中にいる。

他のことに気を回す余裕のない真衣に対し、左隣の運転席に座る柊哉は落ち着き払って見えた。

エンジンをかけ、車は地下駐車場からスロープを上って地上へ。

雨は変わらず結構な勢いで降り続いており、フロントガラス上をワイパーが忙《せわ》しなく動いても視界はすぐにぼやける。

音楽もラジオもない静かな車内に耐え切れず、真衣はなにか話さなければと口を開く。

「そういえば半年間、一度もアパートに帰らなかった。部屋の空気が淀《よど》んでそう。蛇《じゃ》口《ぐち》を捻ったら茶色い水が出たりして。埃《ほこり》っぽいだろうし、軽く掃除しないと寝られないんじゃないかな。もう少し早めに出ればよかった」

明るい口調で言ったのに、返事は「そうだな」のひと言のみ。

会話は続かず、結局真衣も黙り込んだ。

(もうすぐ他人になる女とは、雑談する気もないの？　私たちの間に愛情はなくても、柊哉も寂しがっていると思っていたのに、違ったみたい……)

濡れたアスファルトがヘッドライトや街明かりを反射させ、雨の夜道は意外と明るい。

十分ほど走って、車は区役所の駐車場へ。

十五台ほどの駐車スペースに、他に停められている車はなかった。

人の出入りのない鼠《ねずみ》色の大きな建物は、時間外窓口のある出入口のみに弱い明かりが灯されている。

エンジンを切った柊哉が、小さく息をついてからこっちを見た。

運転中は不機嫌そうにも見えたのに、今は努力して口の端を上げているみたいだ。

「真衣、半年間ありがとう。お前の存在に助けられた。社長に就任して、重圧に胃が痛む時も、真衣の手料理はうまかった。感謝している」

「うん。そう言ってもらえると私も嬉しい。数日間は食事に困らないように、冷蔵庫に作ったお惣菜を入れてあるから。肉じゃがもね。その後は、自炊を頑張って」

「作り置きまで用意してくれたのか。ありがとう……」

真衣も柊哉と同じように微笑んでいるが、自然な笑みでないのは自覚している。

これが精一杯。

何度押し込めても迫り上がってくる切なさと闘いながらのものであるなら、上出来だろう。

「私もありがとう」と、今度は真衣がお礼を言う。

「俺、お前になにもしてやれなかったけど？」

「服にバッグに靴、この指輪も、たくさん買ってもらった」

会社内では外していた結婚指輪を、自宅に帰ってからは指にはめていた。

それを眺めてから、そっと外してポケットに入れる。

柊哉の視線は指輪のない真衣の左手に留められており、「金で買えるものなんか……」と呟いて口を閉ざした。

もっとなにかしてやりたかったと思っていそうな彼を励ますように、真衣は努めて声を弾ませる。

「他にももらったよ。私の庶民的な料理を美味しく食べてくれて嬉しかった。縁日やドライブは楽しかった。喧嘩も、今思えば楽しい思い出。たくさんの思い出をもらったよ。私のこれまでの人生で、一番濃い半年間だった」

「俺も……毎日が充実していた。生きているという実感があったな。一生忘れられない半年間だ。真衣、ありがとう……」

「よし」と気合を入れたような声を出した柊哉が、離婚届を入れたクリアファイルを手にして、車のドアを開けた。

「お前は待っていてもいいぞ」と言ったのは、雨に濡れるのを心配してのことだろう。

「入口、すぐそこだもの。私も行く」

そう答えて、真衣は助手席のドアから雨の中へ。

折り畳み傘はバッグの中に入っているが、走れば二、三秒。出すほどではないと思ったのだ。

先にガラス扉の前の、雨の当たらぬ庇《ひさし》の下に着いたのは真衣であった。

振り向けば、ここまで二メートルほどの位置で、なぜか柊哉が足を止めている。

彼の髪やスーツの肩と腕が、見る見るうちに濡れていく。

「柊哉、早く」

真衣が呼んでも動こうとせず、彼はしかめた顔をうつむけた。

「なにしてるのよ。濡れるから早くおいでよ」

真衣がもう一度呼びかけたら、肩を震わせた彼が顔を上げて、キッと真衣を睨んだ。

「早く、だって……？」

「え？」

「なぜお前は、そんなにすっきりと割り切った態度でいられるんだ。俺だけか？　胸が張り裂けそうに痛むのは」

振り絞るように吐き出された彼の本音に、真衣は目を見開き、息をのむ。

柊哉は泣いていた。

雨のせいではなく、真衣に向けられた鋭い瞳からは、確かに露が溢れている。

涙声で叫ぶように、彼は気持ちをぶつけてくる。

「なぁ、狂おしいほどに愛しているのは俺だけなのか？　お前は俺に惚れてくれないのか⁉」

「柊哉……馬鹿……」

真衣の視界も滲み、文句の言葉が震えて掠《かす》れる。

今まで抑えてきた感情が、堰《せき》を切ったように涙とともに溢れだした。

たまらず駆け出して、愛しい彼の胸に飛び込む。

「遅いよ、言うのが。私だって苦しんでいたんだから。柊哉は私に愛情がないと思っていたから、別れるしかないと諦めてた。お金なんかいらない。離婚したくないよ、私……」

ぎゅっと強く抱きしめられて、安堵の吐息が耳にかかった。

「こんな紙切れ一枚で、真衣を失ってたまるか」

そんな呟きが聞こえたと思ったら、背中で紙が破かれる音がした。

真衣を抱きしめながら、柊哉が離婚届を真っぷたつに引き裂いたのだ。

少し体を離して仰ぎ見ると、これ以上は泣くまいとこらえているような顔の彼と視線が交わった。

「契約結婚は終わりだが、離婚はしない。お前は一生、俺の妻だ」

はっきりと未来を約束してもらえ、真衣は嬉し涙にむせぶ。

「柊哉が、好き……」

そう言った直後に、唇を奪われた。

最初から濃く深く、舌をからめとられ、燃えるように情熱的なキスに翻弄《ほんろう》される。

柊哉の愛情がひしひしと伝わってきて、真衣は喜びに胸を震わせた。

これまで二度、唇を合わせたことがあったけれど、愛情を確かめ合った後のキスは別物のような幸福感を与えてくれる。

それと同時に、欲情もかき立てられた。

冷たい雨に打たれているというのに、真衣の体の芯は火照りだし、柊哉の息も熱く荒くなっていく。

けれども濃い交わりの最中に、突然唇を離されて、上気した顔の柊哉が色のある声で言う。

「このまま続けたら、ここで抱いてしまいそうだ。帰ろう。俺たちの家に」

(帰ったら……初夜、なのかな……)

思わず真衣が頬を赤らめて目を泳がせると、深いため息をつかれた。

「頼む。家に帰り着くまではサバサバした態度でいてくれ。こらえるのが大変だ」

先ほどはさっぱりと割り切った態度だと非難され、今度はサバサバしていてくれとは、おかしなことを言うものだ。

いつもならすかさず指摘を入れるところだが、恥じらいの最中にいるため、真衣は素直に頷く。

愛しさに胸を高鳴らせ、肩を抱かれて車へと誘われるのであった。

それから十分ほどして、ずぶ濡れで帰宅したふたりは、玄関の上がり口に荷物を置くと、どちらからともなく抱き合って唇を合わせた。

我慢の限界というように、柊哉の手が真衣の体をまさぐり、コートやオフィススーツを脱がせていく。

一枚一枚、服を落としつつ廊下を進み、柊哉の寝室へ。

ここは二十五階。レースのカーテン越しに、雨に霞《かす》む都会の夜景が見える。

広さは十二畳ほどと、真衣には贅沢に感じる部屋の中央に、クイーンサイズのベッドが置かれていた。

ベッドランプだけを灯し、キスをしながら真衣をベッドに押し倒した柊哉が、上半身の肌をさらして覆いかぶさる。

「やっと。やっとだ……」

吐息とともに吐き出されたその言葉は、これまでも真衣に欲情し、それを我慢していたことを窺わせた。

指を滑らすように真衣の卵形のフェイスラインをなぞり、その手を首から下へとなまめかしい動きで下げていく。

下着を外され露わにされた胸を真衣が隠そうとすれば、「見せろ」と甘い声で命じられた。

「恥ずかしいよ……」

「駄目だ、隠すな。大丈夫だから。お前はすごく綺麗だ。そそられる……」

柔らかな双丘に吸い寄せられるように顔を埋めた彼が、頂を口に含んだ。

ストッキング越しに男らしい指が淫らに這《は》い回るので、真衣はたまらず喘《あえ》いで身をよじった。

全身をたっぷりとじらすように愛され、やがて彼が真衣の中に入ってくる。

「あっ……ああっ」

ほどよく鍛えられた逞しい大胸筋と腕に閉じ込められ、徐々に刺激を強められる。

快感の波が押し寄せて、意識が飛びそうになるのが怖くなり、真衣は彼の腕から逃れようと胸を押した。

けれども余計に強い力で抱きしめられ、動きを速められる。

「柊哉、お願い待って。それ以上されたら私……ああっ！」

快感が突き抜けた真衣の頭は真っ白になり、体を小刻みに震わせた。

ぼんやりとした意識の中、ニヤリとした笑みを真上に見て、意地悪な声を聞く。

「それ以上されたら私……の続きは？　苦情ならいくらでも言っていいぞ。だが、俺から逃げるのは許さない。好きなんだろ？　俺の妻なら、文句を言っても俺を受け入れろ」

まだ頭ははっきりとしていないが、随分と俺様なことを言う彼に、真衣はフッと笑った。

「ほんと性悪。でも、そんなところも愛してる……」

口から漏れた真衣の本音に、柊哉の不敵な笑みが崩れた。

くしゃりと泣きそうに顔をしかめて、震える声で呟く。

「初めて思った。生まれてきてよかったと……」

「柊哉……んっ」

顔を見られまいとするように、柊哉が妻の唇を塞ぐ。

愛情と幸せを感じさせるキスは、夫の喜びの涙の味がした。

特別書き下ろし番外編

糖度高めな新婚夫婦と家族の絆

十一月上旬のよく晴れた日曜日。

真衣と柊哉は、静かに甘味を楽しめる和風カフェに来ていた。

色づき始めたもみじや銀杏が美しい小さな庭を眺めながら、窓際の四人掛けテーブル席に並んで座っている。

向かいには絹代と勲が、目尻にたくさんの皺を寄せて腰かけていた。

「そうか。うまくやっているか」

磯部焼を食べつつ、満足げに言うのは勲だ。

孫娘を初恋の女性の孫息子と無理やり結婚させたのは、絹代と親戚になりたかったという理由が大きい。

勝手な老爺《ろうや》であるけれど、この結婚によって真衣が幸せになれると信じていたからでもあり、若夫婦の間にしっかりと育まれた愛情を感じ取って嬉しそうである。

「この結婚は大正解だったでしょう？」

今日も和装が麗しい絹代が、上品にあんみつを口にする合間に問いかけた。

真衣と柊哉は顔を見合わせ、同時に照れたように笑った。

和栗のモンブランを頼んだが、まだ手をつけていない柊哉が、「正直に言うと……」と話しだす。

「見合いの時は心がついていかなかった。おばあちゃんに義理立てする形での結婚だった。けれど……真衣さんは素晴らしい女性だとわかって、今では心を通わせている。なにも心配いらないから」

（素晴らしい、だって。家を出る前に喧嘩したのに、褒めてくれるんだ）

真衣は半ば呆れの気持ちで、夫の言葉を聞いていた。

どうして喧嘩したのかというと、服装だ。

真衣がチャコールブラウンのロングフレアスカートにクリーム色のニットを合わせたら、柊哉も買ったばかりだという茶色系のパンツに白いニットを着てリビングに入ってきた。ペアルックのようで恥ずかしく思い、『着替えてよ』『嫌ならお前が変えろ』と言い争った。

どちらも引かないのでジャンケンをした結果、勝者は真衣。

舌打ちした柊哉が、紺色のパンツとグレーのボタンダウンシャツに着替えたのだ。

（絹代さんの前だと柊哉は、いい子を演じずにはいられないんだね……）

好青年風の笑みを絹代に向ける夫を見て、真衣はそう思っていた。

けれど、それを悪いこととは捉えていない。

もし柊哉が本性を見せてしまったら、絹代は驚くだろう。

幼い頃の柊哉に対し、自分の関わり方が間違っていたのかと気に病むかもしれない。

高齢の絹代にそんな思いはさせたくないと思う。

（いい子ぶるのも柊哉の一面。そう思えば、変える必要ないよね。絹代さんとはたまに会うだけだから、ずっと本性を隠さなければならないわけじゃないし……）

真衣は抹茶パフェを食べながら、夫と絹代の会話を聞いている。

自分たち夫婦のことは心配無用だと話した柊哉に、絹代が新たな問題提起をする。

「そろそろ結婚式を挙げないと。お仲人さんはどなたに頼むの？　お仕事が忙しいといってもきちんとしないと駄目よ。そうそう、結納もまだだったわよね。入籍後になってしまったけれど、形だけでもやらないといけないわ」

それに対し、真衣が口を挟む。

「いいえ、結納はしないことにしましょう。私の母が日本に不在で、父もいませんので」

真衣は絹代に母が語学留学中であることや、離婚家庭であることをサラリと話した。

その上で、今時の婚姻では、結納は省かれることも多いのだと付け足す。

口には出さなかったが、結納という儀式に疑問も抱いている。

夫の家に嫁として入る代わりに女性の実家が金銭を受け取るというのが、古い考えのような気がしてならない。

夫婦は対等。嫁に入るのでも娶《めと》られるのでもなく、パートナーとして新しい家庭を築くのだというのが真衣の考え方である。

結納はやらないというのは、柊哉も同意見のようだ。

「おばあちゃん、俺も色々と考えているよ。結納は省くけど結婚式と披露宴は、仕事の関係者へのご挨拶もかねてやらなければと思っている。その相談も含めて来週、実家に真衣を連れていく。家族に紹介するのは初めてなんだ」

そう。次の日曜に、柊哉の両親との初顔合わせが予定されていた。

互いの祖父母とこうしてお茶する分には、なんら身構えることはないけれど、柊哉の両親に会うのは緊張する。

柊哉の生い立ちは、なかなかハードなものであった。その話を聞いているので、夫の実家は常に冬型の天気図なのではないかと想像してしまう。

一方で絹代は、ぱちんと両手を合わせて嬉しそうだ。

「まぁ、そうなの。その日は私も家にいるようにするわ。真衣さんが来てくれたら楽しい一日になりそうね」

その後に、「勲さんもご一緒してくださるのでしょう？」と隣に笑顔を向けるから、勲が磯部焼を喉に詰まらせそうになり、慌ててお茶を飲んでいる。

「私、なにかおかしなことを言ったかしら？」

どうやら絹代は八十を過ぎても、超然とした天然お嬢様であるようだ。

孫の結婚の挨拶に祖父がくっついていくのは、普通ではないだろう。それがわからないらしい。

なんと断ったらいいかと困り顔の勲が、歯切れの悪いぼかした言い方をする。

「その日は予定があってな……。いや、大したことじゃないんだが、先方の都合もあるから断れん。真衣に付き添ってやれないんだよ。絹ちゃん、すまんな……」

真衣には叱ったり指示したりに躊躇はない勲だが、絹代に対してはそうはいかないようである。

たじたじになる祖父は珍しく、真衣はクスリとした。

パフェを食べ進めながら隣を見ると、柊哉の皿のモンブランは半分になっている。

てっぺんにのっていたコロンとした栗が皿の端によけてあり、気になった。

（栗は嫌いだった？　なんでモンブランを頼んだんだろう……）

不思議に思いつつ、「食べないならちょうだい」と栗を指さす。

すると、「好物だから最後に食べようと取ってあるんだ」と睨まれた。

「子供みたい」

「お前の抹茶パフェの白玉、ふたつくれたら、取り替えてやってもいいぞ」

「ふたつも？　白玉はメインだよ。もったいないから取っておいたのに」

「墓穴を掘ったな。俺を批判しておいて同じじゃないか」

つい自宅にいる時のようなくだらない口喧嘩を始めてしまったら、絹代が目を瞬かせて孫を見る。

その視線に気づいた柊哉が焦りだした。

「おばあちゃん、これは、なんというか――」

「楽しそうね。子供の頃の柊哉はどこかいい子ぶる癖があったわよね。大きくなっても変わらないと寂しく思っていたのよ。真衣さんの前では素直にわがままが言えるのね。よかったわ」

「おばあちゃん……」

柊哉は胸に迫りくるものを感じたようで、瞳がほのかに潤んでいた。

夫の横顔を見つめる真衣の唇は、自然な弧を描く。

（なんだ。バレバレじゃない。絹代さんの目には、柊哉の本当の姿がちゃんと映っていたんだ。柊哉、よかったね……）

白玉をスプーンにのせて隣に差し出すと、恥ずかしげに頬を染めつつも、柊哉がパクリと口にした。

「もう一個」

「しょうがないな。はい、どうぞ」

笑いながらふたつ目も食べさせてあげたら、代わりにモンブランの栗が真衣の口に押し込まれた。

「甘えん坊で世話の焼ける夫だよね。この栗、美味しい」

「俺に構ってほしがりの可愛い妻がなにを言う。白玉もうまいぞ」

可愛いと言われて真衣の鼓動が高まったため、この勝負は柊哉の勝ちである。

入籍して七カ月ほど経ったとはいえ、思いを通わせてからはまだひと月足らず。

このふたりも一般的な新婚夫婦の枠から漏れず、最大限にラブラブな時期であるようだ。

一週間が経ち、曇り空の今日は柊哉の両親に挨拶をする日。

清楚な小花柄のワンピースに身を包んだ真衣は、柊哉の実家のソファに彼と並んで腰かけている。

想像していたことではあるが、かなりの豪邸で、今いるリビングは三十畳ほどもある。

文明開化の頃の豪商を思わせる、和洋折衷の雅かつハイセンスな設えで、ソファは三人掛け、ふたり掛け、ひとり掛けがふたつ。広い楕円のローテーブルを囲んでいた。

時刻は十四時。つい十分ほど前に着いたところで、目の前に出された紅茶と和菓子にはまだ手をつけていない。

真衣が日葉の社員であることは前もって家族に伝えてあり、反対されることはなく、今も簡単な紹介が柊哉によってなされた。

ただし、結婚したいと思っている女性……という紹介である。

真衣はまだ少しも緊張を解いていない。

(入籍済みです、とは言えない。時々忘れそうになるけど柊哉は日葉の御曹司だし、結婚までの順序を破ると私の印象が悪くなりそう……)

ひとり掛けのソファには、柊哉の父で日葉の会長である芹沢柊一《しゅういち》が座っている。

頬骨の張った輪郭は柊哉と異なるが、目や口元はよく似ている。

グレーのスラックスに薄手のセーターという格好で、還暦を過ぎても女性にモテそうな雰囲気が漂っている。


寡黙《かもく》で会話に加わらず、紅茶を静かに飲むだけなのだが、家長の威厳あるオーラが放たれているような気がした。

(亭主関白そう。口うるさくはないけど無言でプレッシャーをかけるタイプかな。柊哉とは違った俺様感……)

これまで真衣は日葉の社員として、多少ワンマンなところのある厳しい会長を見てきたので、家庭においても偉そうにしているのだろうと想像してしまう。

柊哉の義理の母は、咲子《さきこ》という。スラリとした品のいい美人で、間もなく六十を迎えるそうだが、五歳ほどは若く見えた。

丁寧に迎えてくれたけど、真衣は好感を持てずにいる。

(心を殺している人の表情。長年我慢し続けて、自分でもそれを当たり前に思ってしまっている……そんな顔に見える。親切にしてくれても目が笑っていないという柊哉の説明は、的確……)

咲子は真衣の向かいの三人掛けのソファに腰かけており、その隣には響子がいる。

柊哉の姉の響子は、ふたりの娘を連れて実家に来ていた。

響子とは秘書課で対峙したことがあるけれど、きちんと紹介しなければということで、柊哉が呼んだのだ。

姉弟はお互い溜め込んできた長年の想いを打ち明け合い、すでに和解しているので、真衣が義妹になることについても反対はなかった。

娘たちは、六歳の長女が桜《さくら》、四歳の次女が桃花《ももか》という。

母親に話しかけたり、床の上で玩具を広げたり絵本を読んだりと無邪気である。

「可愛いですね。来年は小学校にご入学ですか？」などの話題ができたので、子供の存在は真衣にとってありがたい。

先週、同席すると言っていた絹代は、美容室に行ったきり、まだ戻っていないそうだ。

柊哉が結婚式について話しだす。

仕事のスケジュールを考慮した上で、挙式と披露宴を来夏に行いたいという相談だ。

両親に異論はないようで、頷いてくれた。

それが済めばもう用事はないのだが、まだ十五分ほどしか経っていないので、帰るとは言いにくい。

（子供の話題も尽きてしまった。なにを話そう。困ったな……）

大人たちが皆、黙ってしまったので、居心地の悪さがさらに増す。

つい柊哉を見てしまうと、『会話のない家族でごめん』というような視線を返された。

できれば夫の両親と打ち解けたいと思っていた真衣であったが、無理だと悟る。

それに気づいたからなのかはわからないが、咲子が作り笑顔で真衣に言う。

「我が家は親族間の交流が少ないんです。ですからあなたたちも、お正月とお盆に少し顔を見せてくれるだけでいいわよ。今時の若いお嫁さんからしたら、その方が楽でいいんじゃないかしら」

(それだけでいいんだ。仲よくなれそうな気がしないし、確かにその方が私は楽……)

真衣が頷いたらリビングのドアが開けられて、もみじ柄の帯を締め、綺麗に髪を整えた絹代が現れた。

どうやら咲子の言葉を聞いていたようで、遅れたことを詫びるより先に「まぁ、それじゃ寂しいでしょう」と話しだす。

「真衣さん、先週は楽しかったわね。また今度、美味しい甘味のお店に行きましょう。咲子さんと響子も一緒に、女だけのお喋りを楽しみましょう」

朗らかに笑ってそう言った絹代は、空いていたひとり掛けのソファに腰を下ろした。

家政婦がすぐに絹代に紅茶と和菓子を出し、一礼してリビングを出ていく。

絹代の誘いに「ぜひ」と答えるしかない真衣は、感心していた。

（天然は最強だと乙女漫画に描いてあったけど、絹代さんが体現してくれている。空気を読まないからこそ、なんでも言えるんだ……）

この冷えた家族の中で、絹代は必要不可欠な存在なのではないだろうか。北風の吹き込む寒々しい部屋の真ん中に置かれた、こたつのように。

その温かな無神経さに、子供の頃の柊哉は何度も慰められたのだろう。

柊哉がおばあちゃん子である理由を、真衣は身をもって感じていた。

真衣が驚いたり感心したりしている一方で、長年の付き合いの家族は慣れているようだ。

咲子は「都合が合えば、ぜひご一緒に」と無感情に言い、響子は「子供に手がかかるから、もう少し大きくなったら参加させてもらうわ」と作ったような笑みを浮かべていた。

ともあれ、絹代の帰宅によって、リビングには大人たちの会話が増えた。

柊一だけは変わらず、紅茶を飲むだけであったが。

壊れたかと疑うほどに進まなかった腕時計の針も順調に時を刻んで、時刻は十五時になろうとしていた。

すると子供たちが、テレビをつけていいかと響子に聞いた。

「駄目よ。お客様がいらしているのよ」

（義理の妹なのに、お客様か……）

「お母さん、プリリンキュアの映画を見てもいいって昨日言ったのに」

「あら、今日だったの。同じものをレンタルしてあげるから、今は我慢なさい」

「今見たいの。約束したのに！」

困り顔の響子に、真衣は笑みを作って声をかける。

「私にお気遣いなく。見せてあげてください。私も子供の頃はプリリンキュアのシリーズを妹と夢中になって見ていました」

そう言ったのは、子供への配慮だけでなく、話題が尽きてもテレビがついていれば賑やかだろうと思ってのことだ。

「真衣さん、ごめんなさいね。約束は守りなさいと普段から教えているので、そうさせてもらうわ」

響子はテレビのリモコンを長女の桜に渡した。

大型テレビは、皆が囲むテーブルの近くにある。

嬉しそうな子供たちがテレビをつけると、プリリンキュアが始まるまではまだ十分ほど早かったようで、日曜の十四時からのワイドショーを放送中であった。

耳に入ってきた芸能情報に、子供たち以外の誰もがハッとする。

『男の私から見ても、これはひどい不倫だと思いますよ。子供が生まれたばかりでしょう。奥さんが睡眠不足でフラフラになりながら必死に育児している中、愛人と楽しんでいたわけですからね。謝罪会見は誠実でしたけど、一切擁護したくありませんね』

『私がどうしても許せないと思ってしまうのは、今まで愛妻家のイクメンキャラでテレビ出演されていたじゃないですか。素敵な旦那様でパパなんだと信じていたので、裏切られた気分です』

『あとは奥様がどのようなご決断をされるかという――』

慌ててテレビに駆け寄り、主電源を切ったのは響子だ。

テレビ前に並んで体育座りをしていた幼い姉妹が、「ええーっ⁉」と文句の声をあげる。

「十五時になったらつけてあげるから、もう少し待って」

「お母さん、いつも待つくらいの気持ちで早めに準備しなさいって言ってるのに」

姉の桜が同意を求めるように妹を見ると、四歳の桃花が大きく頷いた。

「どうしてテレビを消しちゃったの？」

「それは……」

響子が返事に困っていたら、代わりに桜が答える。

「きっと不倫のお話をしていたからだよ。お母さん、そういう番組になるといつも困った顔をするもの」

「プリンがどうして困るの？」

「プリンじゃなくて不倫。男の人がたくさんの女の人と恋人になることだよ」

（外れとまでは言えないけど、上の子も正しく理解していないみたい。まだ六歳だもの、それはそうか……）

響子はさらに慌てて、娘たちを叱る。

「そんな言葉を口にしては駄目よ。子供が知っていていい言葉じゃないわ」

響子が気遣ったのは、間違いなく両親だ。

父の柊一は愛人を作り、子供を産ませて、その子を妻に育てさせた。

ワイドショーで槍玉《やりだま》に挙げられていた男性芸能人より、妻に対してひどい仕打ちをしたと言えよう。

咲子も響子も柊哉も、そのせいで随分とつらい思いをしてきたのだ。

それなのに柊一は家族に責められることなく、家長として偉そうに振る舞っている。

真衣の目にはそのように映り、つい厳しい視線を義父に向けてしまった。

(表情ひとつ変えず、他人事《ひとごと》のように娘と孫を見ている。お母さんも柊哉も居心地が悪そうにしているのに、どういう神経してるのよ。それとも焦りをごまかそうとしているからこその、その態度なの?)

プリリンキュアが始まるのを心待ちにしていた姉妹は、母親に叱られてうつむいている。可哀想に思った真衣は、腰に手をあてている響子に声をかける。

「私には三歳離れた妹がいるんですけど――」

真衣の両親は妹が乳児の頃に離婚しているが、その理由が父の不倫であることは、大きくなるまで教えてもらえなかった。

妹の亜由も幼い頃、親にしてみると知ってほしくない言葉をテレビや友達から仕入れ、質問したことが何度かあった。不倫という言葉も含まれていたように思う。

最初は母も『そんなこと知らなくていい』と叱ったが、隠されると余計に気になるものだ。母が教えてくれないならと、亜由は幼稚園の先生や他の子の親に聞くようになった。

これではいけないと母は考え方を改め、結婚、離婚、不倫の正しい説明だけではなく、性に関しての言いにくいことも、子供に教えていい部分だけ噛み砕いて話すようになった。教えてもらったことで満足した亜由は、家の中でも外でも、そういう質問をしなくなったのだ。

その話は、娘たちに困らされていた響子にとって納得できるものであったらしく、真衣の母親の対応に感心したように頷いていた。

「そうなの。教えた方がいいのね……」

けれども両親のいるこの場で、娘たちに不倫の意味を説く勇気はないようだ。チラリと両親を見てから黙ってしまう。

(親の顔色を窺う癖がついているみたい。そうやって育ったから、大人になってもなかなか変われないのか……)

響子の気持ちを理解した真衣は、すっくと席を立った。

「おい、真衣……」

引き止めようと伸ばされた柊哉の手をかわし、真衣はテレビの前へ。

響子が消したテレビをつけると、出演者たちがまだ同じ芸能ネタで盛り上がっていた。

真衣は子供の横に膝をついて、無垢《むく》な顔を見ながら説明する。

「不倫というのはね、パパがママ以外に恋人を作ったり、ママがパパ以外に恋人を作ったりすることよ。恋人とまでいかなくても仲良くしただけで、不倫と言われることもある」

絹代以外の大人たちは皆、ぎょっとして真衣に注目している。

真衣は大切だと思うからこそ、幼い姉妹に真剣に話す。

「結婚したからには、自分のパートナーを悲しませては駄目。家族が壊れてしまう。この不倫した芸能人の奥さんはきっと、怒って泣いて悲しんでいると思うよ。だからみんなに怒られているの。赤の他人が叱るのはどうかと、私は思うけどね」

姉妹は素直に頷いた。

「わかった。桃花は結婚したら不倫しないよ。家族が泣いたら桃花も悲しい」

「そうだね。桜ちゃんと桃花ちゃんに、もうひとつ覚えておいてほしいことがあるの。その言葉、よそで言わないでね。不倫に悩んでいる最中の人は傷つくかもしれない。ふたりのパパとママが仲良くないのかなって、疑う人がいるかもしれない。だから外で言わないこと」

注意を付け足したのも、母の受け売りだ。

母は大抵のことは教えてくれたが、最後には必ずそう言って娘たちに口止めした。それぞれの家庭によって、子供に教えるか教えないか、いつ教えるのかなど、考え方は違う。

娘たちが友達に、余計なことを吹き込まないようにするためであったと思われる。だから真衣も亜由も外では話さなかったし、白い目で見られる経験をせずに済んだのだ。

真衣の注意に姉妹は頷いて、笑顔も見せてくれたのだが、その理由というのは……。

「桜のお父さんとお母さん、すごく仲良しだから大丈夫。よく手を繋いでいるよ」

「ほっぺにチューもしてるね。桃花にもしてって言ったの。でもお父さんが、チューはお母さんにしかしないって言うの。ずるい」

「それも、よそで言わないで……」

恥ずかしそうに娘たちをたしなめたのは、響子であった。

緊張が一気に解けたように、真衣も響子も、他の大人たちも笑う。

けれども柊一だけは、気まずそうな顔で立ち上がった。

「出かけてくる」とドアへ向かう背中に、真衣が鋭い声で問う。

「お父様、どちらへ？」

「どこへ行こうと、君には――」

「今日は家族の大切な日なのではありませんか？　申し訳ございませんが、私には控えめな奥ゆかしさというものがありません。言いたいことははっきり言います。お母様と響子さん、柊哉に対し、お父様からなにか言葉があってもいいのではないでしょうか？」

ちょうどプリリンキュアが始まったので、子供たちの意識は完全にテレビに向けられていた。

大人たちが再び緊張に囚われたら、柊一がドアノブに手をかけた。

なにも言わずに逃げるのかと真衣が睨んだら、義父は振り向かずに口を開く。

「苦しい思いをさせてすまなかった。今は、若い頃の行いを後悔している。煙草を買ってくる」

「すぐに帰ってきてくださいね」

できればこっちを向いて謝罪してほしかったと思いつつそう言って、真衣はリビングから出ていく義父を見送った。

柊一の姿が見えなくなると、大人たちから拍手が沸いた。

急に恥ずかしくなって頬を熱くした真衣は、頭を下げる。

「すみません。差し出がましい真似をしてしまいました」

もとの席に座ると、柊哉に笑いながら感心される。

「父さんにまで意見できるとは、さすがだな。真衣ならたとえ相手が国家の要人でも、立ち向かいそうだ」

「そんなことないよ。さっきは我慢できずに言ってしまっただけ。柊哉の家族は私の家族だと思っているからこそだよ。いくら私でも、赤の他人には干渉しないよ」

手当たり次第に悪を見つけては歯向かうような、行きすぎた正義感は持っていないと、真衣は主張したい。

義父はつらい思いをさせた家族に謝罪すべきだと思っていても、結婚の挨拶の場でそれを促したのは勇み足のような気もして、これからの義父との関係が思いやられる。

ヒーロー扱いされると恥ずかしくもあり、困るのだが、他からも真衣を褒め称《たた》える声があがった。

「お父さんの口から謝罪の言葉を聞いたのは初めてよ。私たちが長年言えなかったことを、この家に来た初日で言ってのけるなんて、真衣さんは勇敢ね。その性格が羨ましいわ」

そう言ったのは、響子だ。ソファに座り直し、目を細めて真衣を見ている。

「あ、ありがとうございます。でもやっぱり、私が言っていいことではなかったような気がしています。お父様にはプライドがおありでしょうし……」

それに対して絹代が朗らかに笑って言う。

「いいのよ。あの子にはたまにお灸《きゅう》をすえてあげないと。柊一は若い頃、調子に乗って遊びすぎたのよ。私がいくら注意しても聞き入れない。柊哉にも響子にも、つらい思いをさせてしまったわ。特に咲子さんには本当に申し訳なくて……」

すると今度は咲子が口を開く。

「お母さんには感謝しています。お母さんが私の味方をして柊一さんを叱ってくれたから、心を折らずにいられたんです。私にも真衣さんのような度胸があれば、もっと違った夫婦関係を築けたのかもしれません……」

その後にハッとしたように柊哉を見て、咲子が弁解する。

「柊哉、ごめんなさいね。あの頃は迎え入れたあなたにどう接していいのかわからなかったのよ。子供のあなたに罪はない。決して憎かったわけじゃないのはわかって」

柊哉が深く頷いた。その瞳は優しげに弧を描いている。

「わかってる。俺には感謝しかないよ……」

長年の胸のつかえが取れたように、咲子がホッと息をついて微笑した。

自分のせいで古傷を開かせてしまったのではないかと心配した真衣だが、どうやら咲子の心を軽くする結果となったようだ。

ここを訪れてから初めて義母に、表情らしい表情が浮かんだような気もしていた。

「夫を叱ってくれてありがとう。さっきのは気持ちがよかったわ。これからは私も真衣さんを見習って、少しはあの人に意見してみようかしら」

最後には前向きなことを言って、嬉しそうな笑みを浮かべてくれたので、真衣の心配は完全に解ける。

「お母様、その意気です」

拳を握って励ました真衣に、響子はおかしそうに肩を揺すり、弟に尋ねた。

「柊哉と真衣さんは、もう一緒に暮らしているのよね。力関係は真衣さんの方が上?」

「ああ。尻に敷かれている」

「そ、そんなことないです！　口喧嘩の勝敗は五分ですから。最近はじゃれ合いのような喧嘩になっていますし……」

恐妻のイメージは嫌だと焦って否定する。

そうしながら真衣は、昨夜のじゃれ合いを思い出していた——。

挨拶前夜は、真衣でも緊張が高まる。

妙にそわそわして、手土産の菓子折りや着ていく服を何度もチェックしていたら、ニヤついた柊哉にからかわれた。

『お前でも緊張するんだな。なかなか可愛い反応だ』

『私の心は鉄でできていないもの、当たり前でしょ。柊哉のご両親に嫌われたくない。できれば気に入ってもらいたいと思ってる』

『おばあちゃん以外の俺の家族は、上っ面だけうまくやっていこうとするタイプだぞ。邪険にはせず、お前を丁寧にもてなすだろう。心のこもらない笑顔でな』

『そうなのかもしれないけど、先入観を持ちたくないから会って自分で判断する。余計な前情報はいらないよ』

落ち着かない真衣がダイニングテーブルの横に立ったまま、マナー本を開いて読み始めたら、真後ろに来た柊哉にそれを取り上げられた。

本より俺と会話しろ、と言いたげな不満顔をしていた。

『余計な前情報ってなんだよ。知っておけば、緊張や不安を和らげることができると思って教えてやったんだ』

『それはどうもありがとう。でも別の方法で和らげて』

真衣が強気に返したら、柊哉の口の端が待ってましたとばかりにつり上がった。

急に横抱きにされて驚いていたら、そのままリビングを出て、浴室に連れていかれた。

入浴してリラックスしろということかと思ったが、真衣が三十分ほど前にお風呂から上がったばかりであることを柊哉も知っているはずだ。

それを指摘したら、『俺はまだ入っていない。一緒に入って俺の体を洗え』と楽しげに命令された。

『え？　なにその俺様ぶりは』

『他にやることができたら、明日のことは一旦忘れるだろ。優しい夫の気遣いだ。感謝しろ』

『その気の使い方は違うと思う。あっ……もう、なに脱がせてるのよ』

『一緒に風呂に入るの、初めてだな。来いよ、シャワーかけてやる。濡れた体って……なんでこんなにエロいんだ。駄目だ。我慢できない』

お風呂でも上がった後のベッドでも、たっぷりと愛されて、確かに緊張を忘れた真衣は、ぐっすりと眠ることができたのだ――。

そんな昨夜のじゃれ合いは口にできないが、真衣がなにかを思い返して頬を赤らめたのは、向かいのソファに座る響子に伝わっていた。

響子がクスクスと笑って言う。

「柊哉に真衣さんはぴったりだわ。弟を幸せにしてあげてね」

義姉の瞳には、かつて秘書課で対峙した時のような冷たさは感じられない。

「はい」

照れ笑いする真衣が隣を見ると、嬉しげな柊哉と視線が絡み合った。

けれども、またしても絹代が天然ぶりを発揮する。

「柊哉の幸せはもう始まっているのよ。入籍は四月十二日。半年以上も前のことですもの」

咲子と響子が驚きの声をあげ、真衣と柊哉は慌てる。

「おばあちゃん、色々と不都合が生じるから、それは内緒で頼むって言っておいたのに」

「あら、そうだったかしら？　年のせいか忘れっぽくて嫌ね」

入籍の日付までしっかり記憶している人が、なにを言う。

ころころと笑い、絹代に悪びれた雰囲気は微塵もない。

「ごめん。話すのが遅れて。実は――」

柊哉が焦って言い繕っている最中に、「ただいま」と低い声がして、リビングのドアが開けられた。

煙草を買いに行くと逃げた柊一が、右手にバラの花束、左手に大きなケーキの箱を携えて戻ってきた。

ちょうどプリリンキュアがCMに入ったところで、子供たちが喜んだ。

「おじいちゃま、お帰りなさい。苺のケーキもある？」

「桃花はプリンアラモード！」

柊哉の言い訳を聞く暇のなくなった響子は、リビングに顔を覗かせた家政婦に取り皿の用意を指示し、ケーキの箱を開けている。

柊一は表情こそムスッとしているが、目を泳がせて、咲子にバラの花束を差し出した。

「感謝の気持ちだ。こんなもので帳消しになるとは思っていないが、受け取ってくれ。お前には苦労をかけたと反省している。本当にすまなかった……」

「あなた……」

咲子の瞳に嬉し涙が滲んでいた。

それを目にした柊一は、困っているような、ホッとしているような、はにかんでいるような……ぎこちない笑みを浮かべている。

もしかすると義父は、これまでずっと妻に謝る機会を探していたのかもしれない。

そう感じた真衣の胸には、温かな思いが広がった。

（なんだ。みんな、ちゃんと家族の情があるじゃない。芹沢家の一員として、私もうまくやっていけそうな気がしてきた……）

肩を抱き寄せられて隣を見れば、穏やかに微笑む柊哉がいる。

三日月形に細められた夫の瞳も、大丈夫だと語っているような気がした。


それから四時間以上も滞在し、二十時を過ぎてふたりは帰宅した。

ケーキの後に出前のお寿司まで振る舞われ、ゆっくりしていってと何度も引き止められたのだ。

二時間ほどでお暇《いとま》しようと考えていたのに、帰宅が大幅に遅れたのはそのせいである。

真衣はキッチンへ行き、冷蔵庫を開ける。

中途半端な時間にお寿司を食べたので、今日の夕食は簡単にお茶漬けにしようと帰路の車中で話していた。

密閉保存容器に入れてある刻んだ野沢菜を出した真衣は、やかんを火にかける。

柊哉は「疲れた」とぼやいて、ソファにドサリと腰を落とした。

「気疲れ？　でも楽しかったよね」

「そうだな。あんなに和気あいあいとできる家族だとは知らなかった。真衣のおかげだな。ありがとう」

優しい声で感謝されたが、「ハラハラもさせられたけどな」と文句も付け足される。

「出しゃばりすぎた気はしてる。ごめんね」

「謝るなよ。調子が狂う。お前はそのままはっきりものを言う、生意気で可愛げのない女でいてくれ」

「えー、可愛げは欲しい。乙女漫画のヒロインみたいな」

クスクスと笑いながら真衣が茶碗やお茶の葉を用意していたら、柊哉が隣に来た。

「嘘。お前は可愛い」

「え？」

不愉快に思ってはいなかったのに、自ら前言撤回した彼に真衣は目を瞬かせる。

もう少しでお湯が沸きそうなコンロの火も止められて、背中から抱きしめられた。

「お茶漬け、食べないの？」

「食べる。お前を食べた後に」

「疲れてるんでしょ？」

「真衣に触れたら癒されるんだ。疲れも吹き飛ぶ。愛する妻を抱かせてくれ」

真衣の鼓動が速度を上げる。

どんな顔をしてそんなに甘いことを言うのかと、首を捻って後ろを見ようとしたら、唇を奪われた。

これでは近すぎて顔が見えない。

けれども合わせた唇や抱きしめる腕から、彼が今、幸せの真っただ中にいるのが伝わってきた。

（私も、すごく幸せ……）

ワンピースの背中のファスナーを開けられ、素肌に大きな手の温もりを感じる。

妻を求める夫のなまめかしい手つきに色のある声を漏らし、喜んで身をゆだねる真衣であった。

【完】

あとがき

この文庫をお手に取ってくださいました皆様に、厚くお礼申し上げます。

ケンカップルの契約結婚の物語はいかがでしたでしょうか？

ヘタレな私は強気女子に憧れるので、真衣がこのような性格になりました。

番外編は少々やりすぎた気もしていますが……柊哉や響子の苦しい子供時代を書いていると、なんとしても柊哉の父をギャフンと言わせたくなり、真衣に思い切ったことをさせてしまいました。（真衣、ごめんね）

結果オーライということでお許し願います。

今作は本編に男性目線を多くしてみました。そのような構成にこれまで苦手意識を持っていたのですが、書いてみると面白かったです。

私はコメディ好きなので、柊哉に双眼鏡で覗き見させるシーンはお気に入りです。

柊哉目線を増やしたことで、作者として彼を可愛く思います。

皆様にも、柊哉を可愛がっていただけたら嬉しいです。

既刊作のご紹介を少し。

二年前に発売されましたベリーズ文庫『お見合い相手は俺様専務⁉（仮）新婚生活はじめます』が、今作とテイストが似ています。強気女子が専務と期間限定の同居をすることになり、愛ある喧嘩を繰り広げています。ツンデレ同士の恋愛で、素直になれないふたりのじれったさをご堪能いただけます。

もし今作を気に入ってくださった読者様がいらっしゃいましたら、そちらもお楽しみいただけると思います。どうぞよろしくお願いします。

最後になりましたが、編集担当の井上様、妹尾様、文庫化にご尽力いただいた関係者様、書店様に深くお礼申し上げます。

表紙を描いてくださった森原八鹿様、柊哉が凛々しく、真衣の色気と和モダンな衣装に見惚れました。本当にありがとうございます。

文庫読者様、ウェブサイト読者様には、平身低頭で感謝を！

またいつか、ベリーズ文庫で、皆様にお会いできますように……。

藍里《あいさと》まめ

藍里まめ先生への
ファンレターのあて先

〒104-0031
東京都中央区京橋 1-3-1
八重洲口大栄ビル 7F
スターツ出版株式会社　書籍編集部　気付

藍里まめ 先生

本書へのご意見をお聞かせください

お買い上げいただき、ありがとうございます。
今後の編集の参考にさせていただきますので、
アンケートにお答えいただければ幸いです。

下記 URL または QR コードから
アンケートページへお入りください。
https://www.berrys-cafe.jp/static/etc/bb

183日のお見合い結婚
～御曹司は新妻への溺甘な欲情を抑えない～

2021年1月10日　初版第1刷発行

著　者　藍里まめ
©Mame Aisato 2021

発行人　菊地修一
デザイン　hive & co.,ltd.
校　正　株式会社鷗来堂
編集協力　妹尾香雪
編　集　井上舞
発行所　スターツ出版株式会社
〒104-0031
東京都中央区京橋1-3-1　八重洲口大栄ビル7F
TEL　出版マーケティンググループ　03-6202-0386
(ご注文等に関するお問い合わせ)
URL　https://starts-pub.jp/

印刷所　大日本印刷株式会社

Printed in Japan

ISBN 978-4-8137-1027-1　C0193

ベリーズ文庫 2021年1月発売

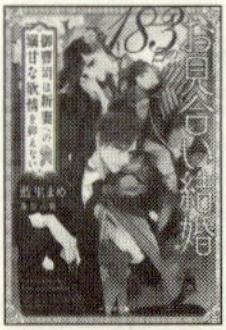

『183日のお見合い結婚～御曹司は新妻への溺甘な欲情を抑えない～』　藍里《あいさと》まめ・著

OLの真衣はある日祖父の差し金でお見合いをさせられるはめに。相手は御曹司で副社長の柊哉だった。彼に弱みを握られた真衣は離婚前提の契約結婚を承諾。半年間だけの関係のはずが、柊哉の燃えるような独占欲に次第に理性を奪われていく。互いを縛る「契約」はいっそう柊哉の欲情を掻き立てていて…!?

ISBN 978-4-8137-1027-1／定価：本体650円＋税

『大正蜜恋政略結婚【元号旦那様シリーズ大正編】』　佐倉《さくら》伊織《いおり》・著

時は大正。子爵の娘・郁子は、家を救うため吉原入りするところを、御曹司・敏正に助けられる。身を寄せるだけのはずが、敏正から強引に政略結婚をもちかけられ、郁子はそれを受け入れ、仮初めの夫婦生活が始まる。形だけの関係だと思っていたのに、独占欲を刻まれ、身も心もほだされてしまい…!?

ISBN 978-4-8137-1028-8／定価：本体640円＋税

『離婚予定日、極上社長は契約妻を甘く堕とす』　砂原《すなはら》雑音《のいず》・著

秘書のいずみは、敏腕社長の和也とある事情で契約結婚をする。割り切った関係を続けてきたが、離婚予定日が目前に迫った頃、和也の態度が急変！淡々と離婚準備を進めるいずみの態度が和也の独占欲に火をつけてしまい、「予定は未定というだろ？」と熱を孕んだ瞳で大人の色気全開に迫ってきて…!?

ISBN 978-4-8137-1029-5／定価：本体650円＋税

『政略夫婦の授かり初夜～冷徹御曹司は妻を過保護に愛で倒す～』　田崎《たさき》くるみ・著

OLの未来は、父親の会社のために政略結婚することに。冷徹だと噂されている西連地との結婚を恐れていたが、なぜか初夜から驚くほど優しく抱かれ…。愛を感じる西連地の言動に戸惑うが、その優しさに未来も次第に惹かれていく。そんな折、未来の妊娠が発覚すると、彼の過保護さに一層拍車がかかり…!?

ISBN 978-4-8137-1030-1／定価：本体650円＋税

『最後の一夜のはずが、愛の証を身ごもりました～トツキトオカの切愛夫婦事情～』　葉月《はづき》りゅう・著

ウブな社長令嬢・一絵は一年前、以前から想いを寄せていた大手広告会社の社長・慧と政略結婚した。しかし、夜の営みとは無縁で家政婦状態の結婚生活が苦しくなり離婚を決意。最初で最後のお願いとして、一夜を共にしてもらうとまさかのご懐妊…!?　しかも慧は独占欲をあらわにし、一絵を溺愛し始めて…。

ISBN 978-4-8137-1031-8／定価：本体660円＋税

ベリーズ文庫 2021年1月発売

『転生悪役幼女は最恐パパの愛娘になりました』　桃城猫緒《ももしろねこお》・著

5歳の誕生日に突然前世の記憶を取り戻したサマラ。かつてプレイしていた乙女ゲームの悪役令嬢に転生していたと気づく。16歳の断罪エンドを回避するには世界最強の魔法使いである父・ディーに庇護してもらうしかない！　クールで人嫌いな最恐パパの愛娘になるため、サマラの「いい子大作戦」が始まる！

ISBN 978-4-8137-1032-5／定価：本体660円＋税

『ループ10回目の公爵令嬢は王太子に溺愛されています』　真崎奈南《まさきなな》・著

王太子妃候補だけど、16歳で死亡…の人生を9回続けている令嬢のロザンナ。地味に暮らして、十回目の人生こそ死亡フラグを回避して人生を全うしたい…！と切に誓った矢先、治癒魔法のチートが覚醒！　おまけに王太子からの溺愛も加速しちゃって…!?　こうなったら、華麗に生きていきましょう！

ISBN 978-4-8137-1033-2／定価：本体660円＋税

ベリーズ文庫 2021年2月発売予定

Now Printing

『遅ればせながら、溺愛開始といきましょう』 水守《みずもり》恵《え》蓮《れん》・著

父が代表を務める法律事務所で働く葵は、憧れの敏腕弁護士・櫂斗に突然娶られる。しかし新婚なのに夫婦の触れ合いはなく、仮面夫婦状態。愛のない政略結婚と悟った葵は離婚を決意するが、まさかの溺愛攻勢が始まり…!? 欲望を解き放った旦那様から与えられる甘すぎる快楽に、否応なく飲み込まれて…。

ISBN 978-4-8137-1042-4／予価600円＋税

Now Printing

『裏腹な社長のワケありプロポーズ』 紅《くれない》カオル・著

地味OLの実花子は、ある日断り切れず大手IT社長の拓海とお見合いをすることに。当日しぶしぶ約束の場に向かうと、拓海からいきなり求婚宣言されてしまい…!? 酔った勢いで結婚を承諾してしまった実花子。しかもあらぬことか身体まで重ねてしまい…。淫らな関係＆求婚宣言から始まる溺甘新婚ラブ！

ISBN 978-4-8137-1043-1／予価600円＋税

Now Printing

『院内結婚は極秘事項です！』 宝月《ほうづき》なごみ・著

恋愛下手な愛花は、ひょんなことから天才脳外科医の純也と契約結婚をすることに。割り切った関係のはずだったが、純也はまるで本当の妻のように愛花を大切にし、隙をみては甘いキスを仕掛けてくる。後輩男性に愛花が言い寄られるのを見た純也は、「いつか必ず本気にして見せる」と独占欲を爆発させ…!?

ISBN 978-4-8137-1044-8／予価600円＋税

Now Printing

『没落令嬢は財閥の総帥に甘く愛される』 滝《たき》井《い》みらん・著

没落した家を支えるためタイピストとして働く伯爵家の次女・凛。ある日男に襲われそうになったところを、同僚の政鷹に助けられる。そして政鷹の正体が判明！ 父親の借金のかたに売られそうになった凛を自邸に連れ帰った政鷹は、これでもかというくらい凛を溺愛し…!? 元号旦那様シリーズ第2弾！

ISBN 978-4-8137-1045-5／予価600円＋税

Now Printing

『エリート弁護士の溺愛志願～私も娘もあなたのものにはなりません!～』 砂川《すながわ》雨路《あめみち》・著

弁護士の修二と婚約中だった陽鞠は、ある理由で結婚目前に別れを決意。しかしその時、陽鞠は修二の子どもを身ごもっていて…。ひとりで出産した娘・まりあが2歳になった冬、修二から急に連絡がきて動揺する陽鞠。意を決して修二に会いに行くと、熱い視線で組み敷かれた上に、復縁を迫られて…!?

ISBN 978-4-8137-1046-2／予価600円＋税

タイトル、価格等は変更になることがございますのでご了承ください。

小説サイト
Berry's Cafeの人気作品がボイスドラマ化！
豪華声優陣が出演!!
溺愛ボイスドラマ×ベリーズ男子
俺様すぎる強引社長
CV:増田俊樹
『キミは許婚』
by 春奈真実
とことん溺甘！
グイグイ秘書室室長
CV:梅原裕一郎
『秘書室室長がグイグイ迫ってきます！』by 佐倉伊織
隠れドS!?溺愛系御曹司
CV:石川界人
『副社長は溺愛御曹司』
by 西ナナヲ
1話はすべて完全無料！
App Store からダウンロード
Google Play で手に入れよう
アプリストアまたはウェブブラウザで
ベリーズ男子 検索
【全話購入特典】
・特別ボイスドラマ
・ベリーズカフェで読める書き下ろしアフターストーリー
最新情報は公式サイトをチェック！
※AppleおよびAppleロゴは米国その他の国で登録されたApple Inc.の商標です。App StoreはApple Inc.のサービスマークです。※Google PlayおよびGoogle Playロゴは、Google LLCの商標です。